빨간모자가 하고싶은 말

빨간모자가 하고싶은 말

초판 인쇄 2018년 6월 12일
초판 발행 2018년 6월 22일

지은이 조이스 박
펴낸이 유해룡
펴낸곳 (주)스마트북스
출판등록 2010년 3월 5일 | 제2011-000044호
주소 서울시 마포구 월드컵북로 12길 20, 3층
편집전화 02)337-7800 | **영업전화** 02)337-7810 | **팩스** 02)337-7811
원고투고 www.smartbooks21.com/about/publication
홈페이지 www.smartbooks21.com

ISBN 979-11-85541-77-8 03800

Published by SmartBooks, Inc. Printed in Korea

빨간모자가 하고싶은 말

조이스 박 지음

꽃 같은 말만 하라는 세상에 던지는
뱀 같은 말

스마트북스

프롤로그

글을 써서 천 냥 빚 좀 갚을까 했다. 내 글만 못한 내 사람됨과 글처럼 멋지지 않은 현실의 궁상이 나를 고소해오면, 그 빚 또한 글로 갚는 것 외엔 다른 방법이 없었다. SNS로 글쓰기를 시작한 아마추어답게 내 속의 에너지를 주체하지 못해 배설하듯 써내려가던 고약한 글쓰기 습관이 있어서, 정작 가다듬고 각 잡고 쓰려면 쉴 새 없이 이성과 논리가 제멋대로 끼어들고 재단을 해대는 통에 탈고하기까지 아주 많이 헤매고 또 끙끙거려야 했다. 결국엔 내 속의 그녀들을 불러 나를 끌고 가라 청하는 수밖에 없었다. 나를 사랑하지 않는 남자를 사랑하는 심정으로 인어공주의 이름을 불렸다. 무섭고 두려우나 너무도 궁금한 삶의 영역에 호기심으로 발을 들일 때마다 깊은 숲속 할머니 집에 가는 빨간모자의 이름을 불렀다.

기가 세면 사랑받지 못하니 따지지도 말고 목소리도 높이지 말라는 소리를 들을 때마다 두꺼비와 뱀을 뱉어내는 못난 딸을 떠올렸다. '나'를 지우고 인내와 눈물로 주어진 역할들을 견뎌야 했을 때는 쐐기풀 옷을 뜨는 공주를 떠올렸다. 온 세상에 나를 사랑하는 이가 한 명도 없는 것 같던 때에는 태양의 동쪽에도 달의 서쪽에도, 결국엔 아무 데도 갈 곳이 없는 것은 아닌지 불안에 떨며 세상을 헤매던 여자를 떠올렸다. 매번 그녀들과 같은 길을 걸은 것은 아니었지만, 그녀들의 이야기를 불러와야 하는 새로운 삶의 모퉁이를 자주 접하게 되는 바람에, 늘 그녀들의 이름과 이야기를 소환해서 내가 가는 길의 작은 등불로 삼았다.

어리석고 자기밖에 몰라 자신이 세상의 중심이던 어린 공주가 이야기 속에서 쓴맛을 볼 때에, 내 어리석음과 이기심의 껍질이 무너졌고, 사랑이라는 환상에 갇혀 삶을 망치는 공주들 이야기에 내가 가진 환상의 겹들이 벗겨졌고, 여자들이 금은보화 같은 보물을 얻어 빛날 때에 정작 빛나야 하는 것은 금과 같이 귀한 성품과 은과 같이 소중한 태도임을 배웠다. 비유와 상징으로 반짝이는 것들을 이야기 속에서 캐내면서, 벼리어지지 않고 빛나는 것들은 없다고 고개를 주억거리게 되었다.

나 역시 내 몫의 고난과 시련을 충분히 겪었다. 내 고난과 시련의 반절 이상은 내가 어리석어 자초한 부분이 크기 때문에 결코 자랑할 만하지 못하다. 그러고도 뻔뻔하게 그 고난과 시련을 통해 부서지고 깨진 내 조각들이 빛을 받아 빛나기도 한다고, 또 기고만장하게 내 고통을 미화할 줄도 안다고 말하는 게 알량하게도 나란 인간이다. 이래서 천 냥 빚은 갚겠나 싶지만, 못나고 부족해도 내가 키워 뱉은 모든 가시가 나를 찌르러 돌아온다는 것을 이제는 너무 잘 아는 바이다. 얼마나 더 못나고 어리석어져서 많이 찔릴 것인지, 세상에 속살을 내보여 결국 받을 모든 상처를 또 셈해서 천 냥 빚 중 반은 오로지 스스로 못난 구석에 대해서조차 진실했다는 그 진심 하나로 감해달라고 또 뻔뻔하게 글을 내밀어본다.

그러하니, 행여 이 책에서 곱지 못한 부분이 있다면 그 글이 당신을 찌르는 거라 받아들이지 말고, 글을 쓴 못난이가 스스로 자신의 못난 점을 비난하는 거라고 이해하고 읽어주면 감사하겠다. 그리고 이 글의 곱고 아름다운 부분은, 모두 다 나를 사랑하고 지지해준 사람들 덕분이니, 이렇게 또 빚을 지는 일을 한다고도 고백해본다. 나를 사랑한 사람들과, 사랑하면서도 상처 입힌 사람들과, 그저 상처만 입힌 사람들과, 그리고 내가 미처 다 사랑하지 못한 사람들에게 이 책을 바친다.

능히 사랑하지 못해 수이 빛나지 못하나, 차마 사랑하려고 애쓰는 와중에 마침내 빛날 수 있는 그런 마음을 나는 믿는다. 그 마음으로 이야기 속의 그녀들과 이야기를 듣는 그녀들을 모두 불러본다.

2018년 6월

조이스 박

목차

그녀의 사랑법

미가 추이고, 추가 미이니

다른 내가 되는 법

영원히 변하지 않는 것은 모든 게 변한다는 것뿐

사랑해야 하는 남자들

남자는 여자를 사랑할 때 스스로 변한다

Part 1

푸른 수염의 딸

“어머니가 날 죽이고,
아버지가 날 먹었네”

푸른 수염의 딸로 자란다는 것

"어쩌면 사랑해서 다쳤노라,
아니 사랑받고 싶어서 다쳤노라 말하는 게 더 맞는 것 같다."

왜 나쁜 남자만 만나는데요

어떤 남자가 이해할 수 없다는 듯이 물었다.

"그런데 왜 나쁜 남자만 만나요? 왜 그런 남자하고만 사랑에 빠지는데요? 똑똑해 보이는데, 그 머리로 보면 나쁜 놈인 줄 몰라요?"

돌직구로 날아오는 이런 질문을 받고 나는 잠시 멍했다가 대답했다.

"내가 푸른 수염의 딸이라서요."

남자는 이해하지 못했다. 푸른 수염의 남자가 대체 무엇이며, 푸른 수염의 딸이라는 게 어떤 의미인지. 그래서 이제 이야기하려고 한다.

동화 「푸른 수염」 이야기

옛날 아주 부유한 남자가 한 명 살았다. 굉장한 부자였으나 수염이 푸른색이라 무시무시해 보이는 데다, 이전에 여러 번 결혼했으나 그 아내들이 어떻게 되었는지 모른다는 소문이 있어 여자들은 그를 피했다. 그의 이웃 중 한 명은 예쁜 딸이 둘 있었는데, 푸른 수염은 이중 한 명을 아내로 맞이할 것을 청해왔다. 그 누구도 달가워하지 않았다. 그러자 푸른 수염은 이 가족을 성으로 초대해 환대를 베풀었고, 작은 딸은 이에 마음이 변해 그와 결혼을 결심했다.

결혼 후 한 달쯤 지나고 푸른 수염은 중요한 볼일 때문에 집을 비워야 한다면서 가족과 친구들을 초대해 즐겁게 지내라고 했다. 그리고 열쇠 한 뭉치를 아내에게 건네주면서 모든 방에 들어가서 구경하고 즐겨도 되지만, 1층 복도 끝 작은 방만은 절대로 열어보지 말라고 했다. 여자는 언니와 이웃들을 불러 이 방 저 방을 돌아다니며 파티를 벌이고 즐겁게 지냈다.

그러나 시간이 지날수록 절대로 열어보지 말라고 했던 그 작

은 방이 너무 궁금해서 참을 수 없었다. 그래서 몰래 그 방으로 가 열쇠로 문을 열어보았다. 놀랍게도 그 방에는 행방이 묘연한 것으로 알려진 푸른 수염의 아내들이 시체로 쌓여 있었다. 너무 놀란 여자는 손에 쥐고 있던 열쇠를 바닥에 떨어뜨렸다. 방에서 나와 문을 다시 잠그려고 열쇠를 열쇠 뭉치에 끼우려고 보니 열쇠에 피가 묻어 있었다. 여자는 그 핏자국을 몇 번이나 지우려고 했으나 없어지지 않았다.

이윽고 푸른 수염이 돌아왔고 아내에게 열쇠를 돌려달라고 했다. 그는 여자가 준 열쇠에 묻은 핏자국을 보고는 당신 역시 죽여야겠다며 여자를 끌고 간다. 다급한 여자는 자신의 언니에게 오빠들이 오는지 봐달라고 외친다. 칼을 뽑아 든 푸른 수염의 손에 죽임을 당하려던 찰나, 말을 타고 온 오빠들이 그를 죽이면서 목숨을 건진다. 이후 여자는 죽은 푸른 수염의 성과 재산을 모두 물려받아 다른 남자와 결혼해 행복하게 산다.

소문만 무성한 푸른 수염의 남자들

푸른 수염은 어쩌면 폭압적인 가부장을 상징하는 동화 속 인물인지도 모르겠다. 황금으로 가득 찬 성으로 여자를 아내로 맞아 데려가서는 복도 끝 작은 방의 문은 절대 열지 말라는 금기를 준다. 이를 깨는, 아니 깰 수밖에 없는 아내들을 하나하나

차례로 죽이는 남자! 현실에서는 최소한 살인이라 규정되는 몸뚱어리를 죽이지는 않는다. 여자의 정신, 혹은 그 영혼이 죽을 뿐이다. 사랑해서 결혼했는데 왜 영혼이 죽도록 힘들어야 하냐고 묻는다면, 로맨스에 기만당했다고 말하겠다.

남녀 간의 로맨스와 구애 과정은 문화적 가치로 우리 내면에 새겨져 있다. 그래서 빛나는 성에 사는 왕자를 보면 가슴이 뛰고 볼이 달아올라 그의 여자가 되는 꿈을 꾸도록 키워진다.

현실에서 누군가를 만나면 먼저 환상부터 뒤집어쓰는지라 그 남자가 기다리던 사람인 것 같기도 하고, 아닌 것 같기도 하다. 넘쳐나는 감정의 바다에 익사하기 직전이라 그저 갈피를 못 잡고 우왕좌왕할 뿐이다.

유독 눈에 띄는 푸른 수염의 남자처럼 현실의 남자는 무언가 걸리는 구석이 있기 마련이다. 하지만 사랑에 빠지기로 작정한 여자는 이 거슬리는 구석이 내가 사랑하는 남자의 열 가지 부분 중 한 가지일 뿐이라고 애써 치부하고 만다. 좋은 부분이 아홉 가지이니 사랑의 힘으로 극복하고 넘어가자고 작정해버리는 것이다. 이런 것을 '확증 편향'이라고 한다. 믿기로 작정하면 믿는 트랙으로 롤러코스터를 타고 쭉 달려가는 게 인간의 빈약한 이성인 걸 어쩌겠나.

동화에서는 이게 푸른 수염의 성에 방마다 가득 들어찬 금은보화와 멋진 가구, 연일 벌어지는 파티들로 묘사된다. 좋은 것들이 가득하므로 모든 것이 좋을 거라고 믿어버리는 얄궂은 비극을 여기서 본다. 아마 눈에 콩깍지가 씐 동안에는 다 좋아 보일 것이다. 그러나 한쪽으로 내달려 휙 기울어진 추는 늘 반대편으로 되돌아오는 법이다.

열 가지 중에 아홉이 좋고 하나가 거슬리지만, 그 하나를 애써 무시하던 사랑은 시간이 흐를수록 그 하나가 견딜 수 없어지고 결국 남은 아홉 가지를 다 팽개치고 싶은 패착으로 돌아온다. 그것은 수많은 열쇠 중 금기시되었던 단 하나의 열쇠가 된다. '열지 마, 절대 열면 안 돼.' 사랑이 변해가면서 거슬리던 하나의 목소리가 점점 커지다가 결국, 현실에 눈을 뜨게 된다.

달콤한 로맨스, 열광적인 구애를 거쳐 결혼하고 안착하면, 혹은 장기적인 연애로 접어들면, 이제 애써 보지 않으려 했던 것들이 어두운 구석의 작은 방에 갇혀서 여자를 부른다. 처음에는 커다란 성 전체에서 아주 작은 방 하나일 뿐이지만, 어느 순간 그것은 성 전체를 다 전복할 만한 무시무시한 비밀을 안고 속삭여온다.

커다란 성이 남녀관계의 장인 심리적 공간이라고 본다면, 닫힌 작은 방은 애써 부인하며 보지 않으려고 했던 둘의 관계에서 거슬리는 부분이다. 이것은 하루하루가 지날수록 부피를 더 키워간다. 그러다 임계점에 달해서 이제 작은 방의 존재는 성의 다른 방을 채우는 보기 좋은 것들을 즐기지 못할 정도로 집요하게 뇌리에 달라붙는다. 그 문을 열면 관계가 끝난다는 것을 잘 알지만, 내면에서 아우성치는 거슬리는 소리에 더 이상 저항하지 못한다. 그래서 여자는 기필코 작은 방의 문을 연다.

푸른 수염이 절대 열지 말라던 작은 방의 문을 열었더니 죽은 아내들의 피투성이 시신들이 쌓여 있었다. 여자들은 그렇게 오랜 세월 살육당한 자신의 상처를 대면하게 된다. 자신이 상처 입었음을 비로소 인지하는 것이다. 여자는 비로소 무수한 상처들이 치유받지 못한 채 내면 한구석에 유기되어 있음을 알게 된다.

남자가 일방적인 가해자라는 말을 하려는 게 아니다. 성인과 성인이 만나는 관계에서 일방이란 드물다. 다만, 가부장적 사회의 구조상 약자인 여성이 피해자가 되기 훨씬 쉽고, 관계가 변질될 때에 입는 내상도 훨씬 크다.

어쩌면 "사랑해서 다쳤노라, 아니 사랑받고 싶어서 다쳤노라"고 말하는 게 더 맞는 것 같다. 사랑하지 않았다면, 사랑받으려 애쓰지 않았으면 생기지 않았을 상처들이 피를 흘리며 쓰러져 있는 것을 목도하는 순간, '아, 내가 죽지 않고 살려면 이 관계에서 벗어나야 하는구나'를 알게 된다.

위기의 순간에 모든 힘을 소환한다

나에게는 내 상처를 인식하는 순간이 꿈에서 거대한 고목나무 안에 있는 아주 오래된 집의 형상으로 나타났다. 그 집에는 여러 명의 여자가 살고 있었는데, 그 여자들은 모두 다 나 자신이기도 했다. 천장에는 거대한 거미줄이 쳐져 있었다. 거미줄 위로 올라가 보니 시커멓고 거대한 거미 하나가 아래에서 여자들을 하나씩 잡아 올려 먹이로 삼아 살고 있었다. 거미줄에 돌돌 말려 대롱대롱 매달린 여자 시체들이 보였다. 거미와 눈이 마주치자, 거미는 내게 말했다.

"난 여기서 절대 나가지 않아."

이런 꿈을 꾸고 일어나면, 여러 명으로 분열된 나 자신들을 하나하나 잡아먹는 내 속의 어두운 에너지가 있는 걸 알게 된다. 동화 「푸른 수염」에서 이미 잡아먹힌 여러 명의 아내들은 그런 이유에서 한 여성의 내면에 분열된 여러 조각을 상징한다.

죽음과 삶의 역학관계 역시 진자운동과 같다. '이러다 죽겠구나'를 의식하면 '살고 싶다'는 생명의 힘이 드디어 맹렬히 솟구쳐 올라온다.

여자는 죽어가는 자신을 살리기 위해 자신을 돕는 힘들을 소환한다. 내면의 지혜, 내면에 축적해두었던 용기, 주저앉을 수 없다는 긍정의 힘 등 최소 이십여 년을 비축해두었던 내면의 힘을 이런 위기의 순간에 소환한다. 망을 봐주는 언니나 푸른 수염을 죽이러 오는 오빠들은 모두 여성이 소환해내는 힘이다. 망보는 언니는 나를 압박하는 부정적인 에너지를 보류시키는 지혜의 힘이고, 말을 타고 구하러 오는 오빠들은 관계에서 드디어 벗어날 수 있는 결단과 용기를 말한다. 이처럼 위기의 순간에는 필요한 모든 힘을 소환해야 한다.

푸른 수염의 딸로 자라다

그렇다면 푸른 수염의 딸로 자란다는 것은 무엇일까. 부정적인 아버지 상을 새기고 자란 여성은 "난 절대 아버지 같은 남자와 결혼하지 않겠어!"라고 극렬하게 부정하며, 아버지와 비슷한 속성을 지녔다고 생각되는 남자들을 모두 거절한다. 그렇게 세상 끝까지 도망치는 삶을 살게 된다.

아버지는 딸이 자라 남자 앞에 서게 될 때 그 이성상을 구축해주는 근원적인 존재이다. 문제는 푸른 수염의 딸로 자라서 '푸른 수염 같은 남자와는 절대 결혼하지 말아야지' 하고 세상 끝까지 도망가서 찾은, 애써 끌리는 남자가 어느 순간 보면 푸른 수염과 꼭 같은 면을 보이는 악순환의 고리를 돌게 되는 데에 있다. "왜 나쁜 남자만 만나요?"에 대한 나의 대답이 바로 이것이다.

마음은 온전하게 충만한 ㅁ이 되게끔 키워져야 한다. 그런데 부정적인 부모 밑에서 치우친 ㄱ자 사랑을 받고 자라면, 아이는 그것을 받아내느라 마음이 ㄴ자가 되어버린다. 마음이 ㄴ자이기에 온전치 않아서 결핍도 훨씬 많이 느끼고 사랑받고자 하는 갈망도 더 크다.

그런데 마음 틀이 ㄴ자로 자랐으니, 마음 틀이 ㄱ자로 맞물리는 남자에게만 끌린다. 그의 ㄱ과 나의 ㄴ이 딱 맞아 떨어지며 아귀가 맞아버리고 만다. 무의식의 요철이 딱 맞아 떨어진달까. 그래서 세상 끝까지 가서 찾고 또 찾아도, 결국 ㄱ자 마음 꼴을 가진 남자만 만나게 되는 악순환이 반복된다.

지인 중에 한 여성은 아내를 때리는 아버지 밑에서 성장했다. 자라서 목사와 결혼했는데 손찌검이 심해서 이혼을 했다. 그리고 혼자 외롭게 오랜 세월을 살다가, 마침내 만난 또 다른 남자와 사랑하느니 하며 제법 알콩달콩하는 모습을 보였다. 하지만 어느 날 남자의 손찌검에 눈두덩이가 시퍼렇게 멍들고 입술이 터진 모습으로 나타났다. 여자는 때리는 아버지가 싫어 도망치고(미국으로 이민 갔다), 거기서 만난 남자에게 맞아 이혼하고, 그 남자를 피해 돌아온 한국에서도 자신을 때리는 남자를 만나는 악순환을 되풀이하고 있었다. 그녀를 보면서 '마음이 ㄴ자이구나, 저 마음의 틀을 바꾸지 못해서 마음이 ㄱ자로 치우친 남자들만 거듭 만나는구나' 하는 안타까움이 앞섰다.

ㄴ자 마음은 어떻게 ㅁ자로 빚어낼까

천상배필인 것 같은 남자와 만나 사랑을 하면 "You complete me, 너는 나를 완성시켜!"라고 외치며, ㅁ자 마음으로 환골탈태하는 걸까?

아니다. ㄴ자 마음 이야기는 뒤에 나온다. 동화 「손 없는 소녀」 이야기가 바로 그것이다. 그렇다면 마음이 ㄴ자이기 때문에 제대로 된 사랑을 할 수 없는, 누군가 주는 사랑도 제대로 받을 수 없는 여자라고 체념하고, 영원히 ㄴ자 마음으로 세상을 살아야 하는 걸까?

푸른 수염의 딸들은 그렇게 울며 세상을 떠돈다. 몇몇은 끝까지 ㄴ자 마음을 다시 빚지 못해, 작은 방 문을 열고 푸른 수염에게서 달아나지 못한다. 몇몇은 무서워서 평생 작은 방의 문도 한번 열어보지 못하고, 본인도 모르는 상처가 이유 없는 감정의 발작으로 터져 나오는 것을 겪으며 산다. 그리고 아주 소수가 작은 방 문을 열어보고 푸른 수염을 죽인 후 당당히 홀로 서서 ㄴ자 마음을 비로소 ㅁ자로 고치고 환하게 웃는다.

어떻게 마음의 꼴을 바꾸는지는 어머니의 어머니의 어머니가 동화와 옛이야기에 숨겨놓은 비밀에서 알아낼 수 있다. 개인에게는 고유하고 독특한 삶이지만, 여자라서 흔히 겪는 삶을 먼저 겪은 그녀들이 큰소리로 말하지 못한 비밀들을 그 속에 숨겨놓았기 때문이다. 동화는 그래서 읽는다. 자신의 상처를 비로소 인지하고 치유하고 마음의 꼴을 바꾸고 새로운 마음을 입고 환하게 웃기 위해서.

꽃 같은 말만 하라는 세상

"내 삶은 절대 내게 전지적 작가 시점이 아닌 걸.
오로지 나와 내가 마주한 세상뿐인 걸."

옛날에 한 과부가 두 딸을 데리고 살았다. 첫째는 엄마를 똑 닮아 기가 세고 교만했지만, 둘째는 아버지를 닮아 상냥하고 착한데다가 세상에서 가장 아름답기까지 했다. 이 엄마는 자신을 닮은 맏딸을 편애하고 둘째 딸은 구박만 하며 온갖 궂은일까지 모두 시켰다. 둘째는 집에서 한참이나 떨어진 샘에서 양동이 가득 물을 길어 오는 일도 해야 했다.

어느 날, 여느 때와 마찬가지로 샘에 도착한 소녀에게 어떤 가난한 노파가 물을 한 모금만 줄 수 없냐고 청해왔다. 소녀는 얼른 가장 맑은 물을 길어 노파에게 건네주고는 양동이가 무거울까 들어주기까지 했다. 그러자 노파는 요정으로 변하더니 소녀를 축복해주었다.

"예쁘고 착한 아이야, 이제부터 네가 말을 할 때마다 네 입에서 나오는 단어 하나하나가 꽃이나 보석이 되어 나오게 될 거다."

집에 돌아오자 엄마는 늦게 돌아왔다는 이유로 둘째 딸을 혼냈다. 소녀가 "늦어서 죄송해요"라고 말을 한 그때, 입에서 장미 두 송이와 진주 두 알, 그리고 다이아몬드 두 알이 쏟아져 나왔다. 놀란 엄마는 자초지종을 물었고, 무슨 일이 있었는지 말하는 동안에도 소녀의 입에서는 꽃과 보석이 계속 쏟아져 나왔다. 엄마는 자신이 예뻐하는 첫째도 꽃과 보석을 뱉게 만들고 싶어서 딸을 샘으로 보냈다.

첫째가 샘에 도착하자 어떤 귀부인이 물 한 모금을 줄 수 없냐고 청해왔다. "내가 당신 하녀 노릇이나 하려고 은잔을 들고 여기까지 온 줄 아세요?" 첫째 딸은 퉁명스럽게 쏘아붙였다. 이 말에 귀부인은 요정으로 변했고, 소녀에게 주문을 걸었다. "네가 그리 못되었으니, 말할 때마다 입에서 뱀과 두꺼비가 나오게 해주마."

집으로 돌아온 첫째가 입을 열자 뱀과 두꺼비가 튀어나왔다. 그 모습을 본 엄마는 "이게 모두 둘째 탓이야. 가만두지 않겠어!"라고 화를 내며 둘째 딸을 때리려 들었고, 둘째는 울면서 숲으로 도망쳤다.

마침 숲에서 사냥을 마치고 돌아오던 왕자가 울고 있는 둘째를 보고 무슨 일이냐고 물었다. "어머니가 나를 내쫓았어요"라고 대답하자 그 입에서 꽃과 보석이 쏟아져 나왔고, 이를 본 왕자는 소녀를 궁전으로 데려가기로 결심한다.

한편, 엄마는 첫째 딸이 뱉어내는 뱀과 두꺼비를 참을 수 없어 딸을 집에서 내쫓았고, 첫째는 받아주는 이 하나 없이 숲속에서 외롭고 쓸쓸하게 죽음을 맞이했다.

듣기 좋은 말로 닦아 세워주랴

아버지를 닮아 예쁜 딸, 왕의 아들 눈에 예쁜 딸은 결국 남자들이 보기에 좋은 모양과 그들이 듣기에 좋은 말만 하는 여자를 나타낸다. 이런 이야기가 입에서 입으로 전해지며, 그것을 듣는 어린 소녀의 영혼에 남기는 메시지는 분명하다.

'남자들이 듣기 좋아하는 말을 하지 않으면, 사회에서 철저히 소외되어 혼자 늙어 죽는다.' 참으로 두려운 메시지가 아닌가. 「다이아몬드와 두꺼비들」은 사회적 동물인 인간에게 원하는 모습을 보이지 않으면 아무도 없는 숲속으로 쫓겨나 그 구석에서 아무도 모르게 죽을 거라는 교훈을 주는 동화이다. 이 동화에서 착한 작은 딸이 말할 때는 꽃과 보석이 튀어나오고, 못된 큰딸이 말할 때는 두꺼비와 뱀이 튀어나온다. 즉, 꽃 같은 말을 하는 여자와 두꺼비와 뱀 같은 말을 하는 여자가 나온다. 그러나 이 이야기에서 전해오는 말을 곧이곧대로 들어야 할까?

꽃 같은 말, 뱀 같은 말

꽃 같은 말만 하고 살라는 세상이 난 싫더라. 뱀 같은 말도 하고 싶더라. 보기에 예뻐야 하고 듣기에 좋아야 하는 존재로만 살고 싶지 않더라.

무엇보다도 내게 백 개 혹은 천 개의 얼굴이 있는데, 그중 몇 가지만 보이라고 강요받는 것 같아서 싫었다. 나의 전부가 아니라 일부만 수용하겠다는 세상이 너무 답답했다. 특히 싫었던 곳은 교회였다. '자매'라는 이름으로 기대하는 역할이라는 게 순종적이고 나긋하며, 찬양과 율동을 잘하며, 군소리 없이 주일에는 유아/유년부 교사를 하며 방긋거리고, 대예배가 끝난 후에는 설거지도 잘하고 딱, 이렇게만 하면 되었다.

그런데 난 그런 일을 잘 하지도 못하고 좋아하지도 않게 생겨 먹었다. 답답하기 그지없더라. 타고난 성정에 반해서 살라는 기대 혹은 강요들. 모든 여자가 꼭 그래야 하느냐는 의문 제기는 '믿음이 좋으면 의문 따위 제기하지 않는다'는 무거운 기대 앞에서 짜부라져야 했다.

학부 때 남자 선배 중에는 대놓고 내게 그렇게 말하는 이가 있었다.

"여자는 똑똑하기보다는 지혜로워야 해."

그래서 물었다.

"지혜로운 게 뭔데요?"

그랬더니 그는 "말해야 할 때와 안 해야 할 때를 구분하고, 아는 것도 안다고 하지 않는 거지!"라고 대답했다.

기가 막혀서 선배 얼굴을 물끄러미 쳐다보았던 기억이 있다. 선배가 모르는 걸 안다고 덥석 말한 게 죄지 싶었다. 하지만, 나는 천성이 호기심이 강해서 더 알고 싶은 주제가 나오면 가슴이 뛰는지라 기어코 그걸 말로 하는 사람인데 타고난 본성을 부인당하는 느낌이었다. 그리고 더 많은 것을 묻고 배우기 위해 대학에 들어왔다고 믿던 시절이었다.

딜레마는 여기에서부터 빚어졌다. '여자에게 로맨스와 지성은 왜 양립 불가능한 것이어야 하는가?'

시스젠더 헤테로섹슈얼cisgender heterosexual(이성애자로 타고난 성적 지향)인 여자로 살면서, 삶의 한 부분은 학업과 일로 채워졌지만 그 못지않게 중요한 부분은 사랑하고 사랑받는 관계였다. 그러나 이 땅의 잠재적 파트너인 남자 사람들 다수가 이렇게 말하고 있었다.

“여자는 똑똑하면 사랑스럽지 않아.”

마치 알고 싶고, 배우고 싶고, 논하고 싶다는 여자는 입에서 두꺼비라도 내뱉고 있는 것처럼.

너희 귀에 꽃처럼 예쁘고 보석처럼 귀한 말이란, 들은 대로 순종하고, 이의를 제기하지 않으며, 춤추라면 추고, 노래하라면 하고, 설거지하라면 설거지를 하는 존재이던가 싶었다. 전통적으로 여자의 역할이라고 정해진 궤도에서 벗어난 성정을 가지고 태어난 여자, 사람, 개인은 삶에서 중요한 관계는 포기하고 완성되지 못하는 삶을 감수해야 함을 뜻했다. ‘왜 이 사회는 전통이라는 이름으로 타고난 개인의 성정을 꺾으려 드는 걸까?’ 이런 의문이 들기 시작하면 ‘이제 삐뚤어지겠다!’ 하는 마음이 자리를 잡고는 했다.

혀에 가시가 돋치는 건 그때부터였다. 영어로는 ‘sharp tongue날카로운 혀’를 가졌다고 한다. 그렇게 날카로운 혀로 학부 시절을 보냈다. ‘꽃 같은 말을 내뱉는 여자는 되지 않겠노라’ 결심했다.

난 당신을 소금만큼 사랑합니다

이보다 더 진실한 사랑의 고백이 어디 있는가. 셰익스피어의 희곡 「리어 왕」에서 코델리아가 아버지에게 한 말이다. 하지만 아버지는 딸에게 소금 자루를 지워서 광야로 쫓아낸다. 그러나 끝까지 아버지에 대한 애정에 충실했던 건 소금 같은 말밖에 못 하는 딸이었다. 꽃 같은 말, 보석 같은 말을 해대는 두 딸은 아버지에게서 얻어낼 것을 다 받아내고는 이내 유기한다. 이 일화를 읽으면 이런 생각이 든다.

보기 좋은 얼굴만 보이고 듣기 좋은 말만 하라고 강요하는 가부장 사회에서 여자는 두 가지 삶의 양식 중 하나를 택할 수 있다. 하나는 그네들이 원하는 모습에 나를 맞추어주고 원하는 것을 얻으며 이용하는 것, 또 하나는 자신의 진실한 모습을 보이며 탄압을 받고 고통을 받을지라도 자신 내부의 자기 통합성integrity을 지키며 사는 것.

얼핏 보기에는 전자의 삶이 참으로 그럴싸해 보인다. 그게 똑똑한 짓이 아닌가도 싶다. 그러나 「리어 왕」에서 나중에 첫째 딸과 둘째 딸이 서로 반목하며 한쪽을 죽이고, 살아남은 쪽도 남편에게 배반당하는 결말을 생각해보라. 여성 억압이 심한 사회에서는 여성들끼리 반목하는 정도가 더 심하다. 자신의 성정을 내보이지 못하고, 사회가 강요하는 모습만 보이도록 억눌린 여자들은 속이 뒤틀리는지, 일단은 자기들끼리도 잘 싸우고, 더 나아가 자신의 일부만 받아들이는 상대를 신뢰하지도 신뢰받지도 못하게 된다. 어찌 보면 당연하다. 내면이 분열된 사람이 외부와는 화해하겠는가. 가식과 위선과 거짓의 틀에 갇힌 이들은 그 틀 안에서 삶을 마치는 것뿐이다.

그렇다고 코델리아의 삶이 더 나은 거냐는 의문을 제기할 수도 있다. 하지만 그녀 역시 비극적으로 삶을 마쳤다. 아버지를 구하려고 군대와 함께 돌아왔다가 옥에 갇혀 죽고 말았으니. 그러나 코델리아는 최소한 세 가지는 얻었다. 자신의 가치를 알아주는 사람과 결혼했고, 자신의 가치를 부정하던 아버지와 화해하고 용서했으며, 무엇보다도 안팎이 같은 자기 일관성을 붙들고 죽었다.

삶이 난폭하고 세상이 어지러운 게 현실인지라, 선한 이들이 승리하는 결말은 픽션에서나 찾아볼 일이다. 현실에서 우리는 하나의 개인으로 혼자 세상과 마주한다. 내가 어떠한 사람이라는 가치는, 그저 내가 마주한 세상 앞에서 직접 일구어, 스스로 끄덕이는 것으로 마무리된다. 비극적인 죽음이든 행복한 죽음이든 말이다.

죽음이 고스란히 개인의 몫이라면, 세상과 마주하는 개인이 '내 삶이 의미가 있었노라'고 수긍할 수 있는지가 무엇보다 중요하다.

다시 꽃 같은 말과 뱀 같은 말로 돌아가 보자. '세상이 꽃 같다' 하는 말, '세상이 뱀 같다' 하는 말이 이쯤 되면 그리 중요하지 않다.

내 본성이 꽃이어서 꽃 같은 말을 하는 것이 가장 이상적이다. 그러나 뱀 같은 말도 할 줄 아는 이가 비로소 꽃 같은 말도 할 줄 아는 사람이라는 게 진실이다. 불의를 보고 분노로 뱀 같은 말을 할 줄 아는 이가 분노와 고통과 슬픔의 길을 걸으며, 얼음은 녹이고, 가시는 떨어뜨리고, 슬픔은 증발시킨다. 그리고 비로소 꽃이 피는 땅에 이르러 꽃 같은 말도 할 수 있게 되는 게, 사람이 살아가며 성장하는 과정이 아닐까 싶다.

꽃 같은 말만 하라고 하지 마라. 뱀 같은 말도 할 수 있는 가능성을 헤집어야 비로소 꽃 같은 말의 가능성도 껴안을 수 있다. 요구와 기대에 부응하느라 꾸며대는 꽃 같은 말이 아니라 진심에서 우러나와 피어나는 꽃 같은 말이다.

전해 내려오는 이야기의 의미는 다른 시대에 사는 우리가 새롭게 해석해서 우리의 말로 만드는 것이라 믿는다. 이제 우리에게는 '남자들이 보기에 좋은 모습만 보이고, 듣기에 좋은 말만 하는 존재로 살지 않겠노라'고 외칠 수 있는 언어가 있다. 우리는 두 가지 모습을 다 가진 존재이다. 꽃 같든 뱀 같든 어떤 말이든 할 수 있는 능력이 있으며, 우리 선택에 의해, 우리 필요에 의해 어느 쪽의 말이든 할 것이다. 이제 대를 거듭해 속삭이며 전해온 이런 동화 속 뻔한 이야기에서 벗어나자. 이제는 어머니가 딸에게 전해주던 두려움을 극복할 때이고, 아버지가 딸에게 투사하던 가치를 거부할 때이다. 그리고 남자 사람들에게 이렇게 말해 본다.

'꽃과 뱀을 다 품은 여자를 받아들이든가, 그걸 못 하겠으면 가라.'

잘린 손을 키우는 법

"다른 사람의 사랑은 잘린 손을 다시 키워주지 못한다. 손은 내가 사랑을 줄 수 있다는 것을 알 때에 자라나 남에게 뻗는 것이라 그런지도 모르겠다."

옛날 가난한 방앗간지기가 있었다. 어느 날 숲에 나무를 하러 갔는데 이상한 노인이 다가와 말했다.

"너의 집 사과나무 뒤에 서 있는 것을 3년 후에 내게 주겠다고 약속하면, 부자로 만들어주마."

가난에 지친 방앗간지기는 솔깃해서 그러겠노라고 했다. 집에 돌아와 보니 과연 금은보화로 넘치고 있었다. 그런데 사과나무 뒤에 서 있는 것은 바로 아름답고 순결한 딸이었다. 땅을 치며 후회했지만 이미 돌이킬 수 없었다. 그는 악마의 꼬임에 넘어갔던 것이다.

3년 후 악마가 데리러오자 딸은 자기 주변에 원을 그려 접근하지 못하게 했다. 그러자 악마는 화가 나서 방앗간지기에게 딸이 씻지 못하게 물을 주지 말라고 했다. 딸은 물이 없어 더러워지자 눈물을 흘렸고, 그 바람에 다시 깨끗해졌다. 악마는 이번에도 딸 옆에 갈 수 없었다.

이제 악마는 "딸의 손을 자르지 않으면 대신 너를 데려가겠다"고 방앗간지기를 협박했다. 그는 할 수 없이 딸을 숲속으로 데려가 도끼로 손을 잘랐다. 하지만 딸이 흘린 눈물로 잘린 손목이 또 깨끗해지자 악마는 어찌할 수 없었다. 세 번을 시도했으나 모두 실패한 악마는 돌아갈 수밖에 없었다.

악마가 돌아가자, 딸은 부모에게 이제 세상으로 나가겠다고 했다. 손 없는 아가씨는 그렇게 길을 떠나 며칠이고 떠돌다가 어느 아름다운 정원에 다다랐다. 배가 너무 고파서 정원의 나무에서 과일을 따 먹었다. 나중에 정원의 주인인 왕이 와서 누구 소행인지 찾다가 손 없는 아가씨를 보았다. 왕은 사랑에 빠져 결혼하고 은으로 가짜 손을 만들어주었다.

몇 년 후 이웃나라와 전쟁이 벌어져 왕은 전쟁터로 나갔고, 손 없는 왕비는 그동안 어여쁜 아들을 낳았다. 왕의 어머니는 기쁜 소식을 편지로 써서 보냈지만, 악마가 가로채서 내용을 바꿔버렸다. 왕비가 낳은 아이는 요정이 바꿔치기 한 아이라고. 왕은 놀라움을 금치 못했지만, 그럼에도 건강하게 잘 키우라는 답장을 써서 보냈는데, 이번에도 악마가 편지를 가로채서 바꿔버렸다. 왕비와 아기를 죽이라고. 왕의 어머니는 답장을 받고는 대경실색했지만, 차마 왕비와 아기를 죽일 수 없어서 둘을 내쫓았다. 손 없는 왕비는 아기를 등에 업고 울면서 깊고 깊은 숲으로 들어가 작은 집에서 살았다.

전장에서 돌아온 왕은 왕비와 아기가 없어진 것을 알고, 전국을 돌아다니며 찾지만 결국 찾지 못했다. 그렇게 7년이 다 되어갈 무렵, 우연히 깊은 숲속에서 작은 집 하나를 발견하고, 그곳에서 왕비와 일곱 살이 된 아들을 만나게 된다. 왕비는 잘렸던 손이 자라 진짜 손을 하고 있었다. 왕은 크게 기뻐하며 그들을 데리고 궁으로 돌아와 다시 결혼식을 올리고 생을 마칠 때까지 행복하게 살았다.

사랑 불능의 트라우마

제인 캠피온 감독의 영화 〈피아노〉를 보면 남편이 아내의 손가락을 도끼로 자르는 장면이 나온다. 이 장면은 바로 그림 형제의 동화 「손 없는 소녀」를 모티브로 한 것이다. 동화에서는 아버지가 죄 없는 딸의 손을 자른다. 악마의 꼬드김에 넘어갔다고는 하나, 결국 딸을 금은보화에 판 형국이다.

아버지가 딸의 손을 자른다는 것은 가부장제 아래의 여자들이 소녀 시절에 주체성이 거세되는 과정을 겪는 것을 의미한다. 더 나아가 아버지들이 가정 내 약자들에게 가하는 폭력이 딸들에게 돌이킬 수 없는 트라우마를 남긴다는 뜻으로 해석할 수도 있다.

이것은 바로 사랑을 제대로 하지 못하게 되는 '사랑 불능의 트라우마'이다. 아버지들이 딸에게 직접 폭력을 휘두르지 않고 폭언을 하지 않았다고 해서, 딸들이 상처받지 않는다고 생각하면 큰 오산이다. 아버지가 딸의 어머니에게 가하는 모든 폭력과 폭언이, 그것을 알알이 지켜보며 자라는 딸의 손을 자르는 도끼들이다. 아버지와 그 피붙이들이 전통이고 역할이라며, 딸의 어머니에게 강요한 그 모든 불합리와 고통 그리고 슬픔이 도끼가 되어 딸의 손을 잘라 피가 뚝뚝 흐르게 만든다.

소녀는 손 없는 소녀처럼 잘린 손을 목에 걸고, 뭉뚝한 손목뿌리만 남은 채 세상에 나선다. 사랑할 수 있을까, 남녀의 사랑이 저렇다는 것을 보고 자랐는데 과연 사랑을 할 수 있을까, 아버지와는 전혀 다른, 기적 같은 남자를 만나 사랑할 수 있을까, 그런 염원이 지나쳐서 온전치 못한 손을 붙들고 그렇게 울며 세상에 나서 길을 간다.

부모가 서로 사랑하지 못하는 모습을 보고 자랐기에, 외려 사랑에 대한 갈망은 깊어지나 제대로 사랑할 능력은 없는 자존감 부족에 허덕이게 된다. 마치 촉수를 잘린 벌레 같다고나 할까. 감각수용체는 몸 안에 그대로 있으나, 정작 상대를 만지고 느낄 감각 수단을 잃어버린 존재같이 된다. 그게 손이 잘린 여자로 사랑하는 법이다.

손이 잘린 여자는 갈망이 크므로 누군가를 찾게 되고, 찾다 보면 누군가를 만난다. 남자의 호감과 관심, 배려에 마음과 몸을 열면서 그가 주는 사랑으로 잘린 손도 다시 키울 수 있을 거라는, 그러니까 능히 사랑할 수 있는 능력을 다시 키울 수 있을 거라는 꿈을 꾸게 된다. 피와 살로 된 손을 얻을 수 있을 거라는 기대로 가슴이 부풀며, 그렇게 사랑할 수 있을지도 모른다고 착각한다.

그러나 남자는 절대 손을 키워주지 못한다. 대신 차가운 은으로 된 의수를 여자에게 끼워주며, 그 손으로 자신에게 복무하는 존재로 살라고 한다. 결혼이라는 제도를 통해 남자의 여자로 지위가 정해지면, 사랑이라 믿었던 것들은 한때의 감정으로 휘발되어버리고, 끊임없이 강요되고 기대되는 역할만 덩그러니 남는다. 남자는 그 역할에 여자를 박아두고 전쟁터로 나간다. 자신의 야망과 성공을 위해 경쟁하는 남자들의 전투지로 가버린다. 남자의 세계는 여기이니, 여자 너는 거기 가정에서 달아준 가짜 손으로 주어진 역할을 다하라고 한다.

이제 관계는 시험에 들기 시작한다. 왕과 은 손을 단 왕비 사이에 오가는 모든 전갈을 악마가 가로채 바꾼 것처럼, 결국 아이와 함께 궁 밖으로 쫓겨나게 되는 것처럼, 둘의 의사소통이 오해에 오해로 이어지며 관계에 금이 가기 시작하다가 단절되어버린다.

어쩌면 살과 피로 된 진짜 손이 아니라 차가운 가짜 은 손을 달아주는 관계는 이런 파국이 예정되어 있었는지도 모른다. 손을 자른 아버지에게서 벗어나 사랑을 꿈꾸었으나, 가짜 손을 달아주는 남자를 만나 자신의 내면이 죽어감을 느낀다. 가짜 손을 달고 하루하루 갇힌 역할 속에서 '내가 조금씩 부서져 죽어가는구나'를 느낄 때, 여성 내면의 오래된 지혜, 어머니의 어머니의 어머니로부터 물려받은 무의식 속 늙고 지혜로운 여인이 살기 위해 떠나라고 말해준다. 동화에서는 그게 왕의 어머니 모습으로 나타난다. 그녀는 혼자서라도 살아갈 힘이 되어줄 어린 생명을 손 없는 여자의 등에 업혀준다. 세상에 나가 아이를 돌보는 힘으로 살라는 어머니의 어머니의 어머니들의 목소리가 또 길을 걷게 만든다. 여자는 등에 아이를 업고 혼자 깊고 깊은 숲속으로 들어간다.

여자는 아들의 이름을 '슬픔으로 가득 찬Filled-with-Grief'이라고 짓는다. 7년의 세월, 완전함을 상징하는 수인 7을 써서 7년이니, 족하고도 남을 세월을 혼자서 슬픔을 품고 보듬으며 산다. 그리고 진짜 손이 천천히, 천천히 자란다.

이상야릇하고 슬프지 않은가. 사랑 타령을 하며 사랑에 목매달 때는 진짜 손이 자라지 않더니, 그리도 사랑했던 남자는 진짜 손을 키워주지 못하더니, 사랑을 내려놓고 남자도 잃고서야, 더 나아가 한 세상의 왕비였던 모든 것조차 다 내려놓고서야, 오로지 그 넓던 우주가 품에 안긴 생명 하나로 수렴될 만큼 작아지고서야, 비로소 진짜 손이 조금씩 아주 조금씩 자라나니 말이다.

삶의 역설이 아닐 수 없다. 어리고 혈기 왕성하고 꿈도 많던 시절에는 그 넓은 세상을 두루 다니며 온 세상을 얻을 줄 알았는데, 결국 그 넓은 우주를 다 줄이고 줄여 여자의 세계가 아이 하나를 중심으로 공전할 만큼 아주 작아지고 나서야 '가득 찬' 충만을 경험하게 되니 말이다.

슬픔은 그리하여 삶의 원동력이 된다. 품어서 뽀얗고 맑게 굳어지는 진주로 바뀌는 것처럼, 슬픔은 기쁨으로 바뀐다. 깊은 숲속으로 들어간다는 것은 자신의 내면 깊은 곳으로 침잠해 들어간다는 의미이다. 전 세계를 헤매도 찾지 못하는 생명의 힘은 사실 내면 깊은 곳에 있었다.

다른 사람의 사랑은 잘린 손을 다시 키워주지 못한다. 손은 내가 사랑을 줄 수 있다는 것을 알 때 자라나 남에게 뻗는 것이라 그런지도 모르겠다. 잘린 부위가 손인 것도 남에게 내밀고 뻗어야 하는 마음이 잘려나갔다고 볼 수 있다. 그 마음을 스스로 키워 내밀 수 있을 때, 손을 가지고 사는 사람으로 서게 되지 않을까 싶다. 우리에게 손이 두 개인 까닭에 대해 할리우드 스타에서 국제적인 외교 사절로 일생을 보낸 오드리 헵번은 이렇게 말했다.

"사람은 나이가 들면 손이 두 개 있다는 것을 깨닫게 됩니다. 한 손은 자신을 돕는 손이고, 다른 한 손은 다른 사람을 돕는 손입니다."

손은 다른 사람에게 내밀어 뻗으라고 있다. 내밀어 뻗을 수 있을 때, 내밀어 뻗어 품에 안을 생명이 생겼을 때, 능히 그러할 수 있을 때, 진짜 손은 자란다. 당신에게는 눈물로 키운 손이 있는가? 내밀어 뻗을 손이 있는가? 한때 손이 잘렸던 여자들이, 한때 가짜 은 손을 달았던 여자들이, 여자로 태어나 인간으로 완성되는 모퉁이에서 받는 질문이 바로 이것이다.

"사랑을 제대로 못 받아 손이 잘렸고, 손이 없어서 사랑을 못하니, 제발 누군가가 날 사랑해서 손을 키워주세요, 빛나게 해주세요, 나를 완성해주세요" 하며 손목 뿌리만 남은 손을 가지고 울며 세상을 떠돌던 삶은 "손을 내밀어 뻗겠는가?"라는 질문에 "그러겠다"고 대답한다. 그렇게 마음을 먼저 내밀어 뻗으면 손이 따라 자라서 드디어 온전한 존재로 완성된다.

손 없는 소녀 | The Girl Without Hands

태어날 때부터 재수가 없는 여자

"빵이 먹고 싶어 화덕 옆에 앉아 있으나 그 화덕에 빵이 없는 모습이야말로,
사랑받고 싶으나 사랑받지 못하는 초라한 자존감의 모습이다."

옛날 한 왕이 전쟁에서 져서 사로잡히자, 왕비는 일곱 명의 딸들을 변장시킨 후 데리고 도망쳤다. 이때 거지 여인이 다가와서 왕가에 닥친 불행은 막내 공주 탓이라면서, 그 딸을 버리면 모든 불운은 사라질 것이라고 했다. 그러자 왕비는 울면서 그 딸을 버리고 떠났다.

혼자 남은 막내 공주는 베 짜는 여인 집에서 하녀로 일하게 되는데, 자신의 이름을 '미스포춘Misfortune, 불운'이라고 한다. 그런데 공주의 '운'이 따라와서는 물레에 다 짜놓은 실들을 가위로 끊어버렸고, 사람들은 미스포춘의 짓이라며 내쫓았다. 다음

으로 어느 상점에 하녀로 들어갔지만, 또 '운'이 따라와서 와인을 모두 엎질러버려 쫓겨났다.

이번에는 왕자의 옷을 빨래하는 세탁부 집에 하녀로 들어갔는데 세탁부의 솜씨가 좋았다. 어느 날 왕자가 세탁부에게 황금 열 냥을 하사하자, 세탁부는 미스포춘에게 새 옷을 사주고, 가운데가 뚫린 반지 모양의 빵 두 덩어리를 만들어주면서 해안가로 가서 자신의 '운'을 불러 빵을 건네주라고 시켰다. 그녀는 세탁부의 운에게 자신의 운을 만나게 해달라고 부탁했다.

세탁부의 운이 가르쳐준 대로 깊은 산속 길을 따라 올라가니 화덕 옆에 더러운 노파가 한 명 앉아 있었다. 미스포춘의 운이었다. 너무 더러워서 토할 것 같았지만 꾹 참고 빵 한 덩어리를 건넸다. 노파는 욕하며 거절했지만 그래도 빵을 그녀 옆에 두고 왔다. 다음번에도 왕자의 옷을 빨고 세탁부가 황금을 받자 같은 일을 반복했다.

그 다음번에는 결혼식이 임박한 왕자의 새 옷을 빨아주자, 왕자가 세탁부에게 금 스무 냥을 하사했다. 그러자 세탁부는 미스포춘의 운이 입을 새 옷을 마련해주었다. 이제 미스포춘의 운은 건네주는 빵을 순순히 받아먹게 되었고, 미스포춘은 운을 붙잡아서 씻기고 새 옷으로 갈아입혀 주었다. 그러자 깨끗하고 아름다워졌으며 배가 부른 운은 미스포춘에게 고맙다며 작은 상자 하나를 선물로 주었다. 그 상자 안에는 작은 술 장식이 하나 들어 있었다.

얼마 후 왕자가 노발대발하는 일이 생겼다. 신부가 입을 드레스에 작은 술 장식 하나가 모자랐는데, 어디에서도 맞는 것을 찾을 수가 없었던 것이다. 세탁부가 미스포츈이 가지고 있던 작은 술 장식을 바치자 드레스에 딱 들어맞았다. 감격한 왕자는 그 술 장식의 무게만큼 금으로 사례를 하겠다고 했다. 하지만 어떤 저울을 가져다가 달아도 무게를 잴 수 없었다. 그러자 왕자는 이 술이 어디서 났는지 세탁부를 추궁했고, 세탁부는 미스포츈이 가지고 있던 술이라고 자백했다.

왕자는 궁금해서 미스포츈을 궁으로 불렀다. 새 옷으로 갈아입고 궁에 들어간 그녀는 아름다운 모습과 어릴 적 배웠던 궁전의 예법으로 왕자의 눈에 들었다. 원래 자신은 스페인 왕의 딸이지만 아버지가 잡혀 투옥되면서 하녀로 살게 되었노라 말했고, 왕자는 베 짜는 이와 상점 주인을 불러 손해를 황금으로 변상해준 후, 원래 결혼하기로 했던 신부를 뿌리치고 미스포츈과 결혼한다. 한편, 그 사이 왕국을 되찾은 미스포츈의 아버지와 가족들은 결혼 소식을 듣고는 기뻐하며 축하하러 온다.

태어나지 말아야 했어

아무것도 하지 않았는데 존재 자체가 불운 혹은 불행이라고 꼬리표가 달리는 것, 그처럼 사람의 자아감을 궁색하게 만드는 것도 없다. 그런데 불행하게도 아들로 태어났어야 했는데 딸로 태어나서 "넌 태어나지 말아야 했어!"라는 말을 부모 혹은 다른 가족에게서 듣고 자란 여성들이 꽤 많다.

이탈리아의 동화 「미스포춘(불운)」은 그러한 여성의 이야기이다. 태어날 때부터 자기 가치self-worth를 부인당한 여성이 어떻게 내면의 초라한 자아를 붙잡아 일으켜 본성 속의 귀한 모습으로 일어서는가를 보여준다.

한 사람의 가치가 다른 누구도 아닌 피붙이에게 부인당하면 그 속의 자아는 아름답고 건강하게 자라지 못한다. 쭈그러들어 초라하고 더럽고 별 볼 일 없는 자아로 전락한다. 바로 '하녀'로 전락해서 살게 되는 것이다. 스스로 '나는 가치 없는 존재야, 나는 사랑받을 자격이 없어'라고 되뇌는 깊은 결핍을 안고 살아가기에, 사람을 마주할 때마다 무너지곤 한다.

결핍의 악순환

인간 내면의 결핍은 좋지 않다. 결핍이 있으면 무언가를 갈망하게 되는데, 갈망이 커지면 커질수록 결핍의 골짜기가 깊어져서 더욱더 갈망의 대상에 집착하게 되는 악순환이 반복되기 때문이다. 예를 들면 이렇다.

이상하게도 부모에게 사랑을 담뿍 제대로 받은 자식들은 의연하고 꿋꿋하게 떠나 독립적으로 잘 살더라. 하지만 어릴 적에 부모에게 사랑받지 못하고 편애의 희생양이 된 자식들은 여전히 사랑받고 싶다는 갈망이 채워지지 못해, 계속 부모 곁을 맴돈다. 물론 대부분은 그럴수록 더 상처받고, 결핍과 갈망만 커진다. 부모들은 이미 다 커버리고 굳어진 성인들이라 쉽게 바뀌지 않기 때문이다. 그것은 마치 목이 마르다고 바짝 말라붙은 샘에 입을 가져다 대지만, 입안 가득 모래만 머금고 퉤퉤거리는 것과 같은 일이다. 최상의 해법은 사실 타인에게(그 타인이 나를 낳아준 부모일지라도) 무엇을 받아 결핍을 채우겠다는 생각을 버리면 된다. 타인에게 의존하는 것은 참 해법이 아니다.

끊어진 베틀의 실과 엎질러진 와인

오랫동안 곱고 길게 짠 베틀의 실이 가위로 싹둑 잘리고, 오래 소중히 묵혀야 할 와인은 엎질러져 쏟아졌다.

미스포춘이 세상에서 겪는 고된 경험들은 부모가 심어준 낮은 자존감으로 살아가는 좌절감을 얘기한다. 낮은 자존감으로 세상을 살아간다는 일은 고된 일이다. 어떤 일을 성취하고 성공한다고 할지라도 채워지지 않은 무엇인가가 내면에 도사리고 있다. 어딘가 좋은 곳으로 몇 발자국 올라간 것 같아 한껏 부풀었다가도, 혼자 돌아와 들여다보면 내면의 어두움이 자신을 집어삼킨다. 아무리 많은 세월이 지나고 몸집이 커졌다고 해도 그 순간이면 아주 작은 아이로 쭈그러들고 만다.

나의 경우, 아홉 살 정도 되는 계집아이 하나가 수십 년을 내 속에서 따라다니며 울어댔다. 수석을 하든, 장학금을 받든, 우수 강사가 되든, 그 어떤 성취를 해도 돌아와 앉으면 이 계집아이가 그래도 나는 사랑스럽지 못하다며 징징 거렸다. '무엇을 하는가what to do'는 설사 그 일들을 성공적으로 해낸다고 해도, '나는 무엇인가what I am'라는 질문 앞에 그냥 허물어지기 때문이다.

사실 나는 부모님에게 인정받기 위해 무언가를 굉장히 열심히 했다. 그렇게 해서 무언가를 해내어 부모님의 관심을 거머쥐게 되었을 때 드디어 기쁘고 행복했을까?

아니, 무엇을 해야만 받을 수 있는 사랑이라는 건 얼마나 조건적인지를 생각하며, 부모의 사랑이 이것밖에 안 되는가 하는 자괴심으로 무너져야 했다. '나는 왜 무엇을 하기 때문이 아니라 아무것도 하지 않아도, 있는 그대로 사랑받지 못하는가' 하는 질문에 답하지 못해 아주 괴로웠다. 그렇게 해서 나를 사랑하라고 요구한다 해도 내면의 풍경은 달라지지 않는다.

초라한 자존감을 씻기고 새 옷을 입히다

자존감은 어릴 때 형성되는 게 맞다. 하지만 자존감을 키워나가는 일이 어릴 때 끝나는 것은 아니다. 일을 통해서 얻어지는 자기 가치는 황금 열 냥 혹은 스무 냥처럼 귀하다. 노력한 만큼 인정받고 자신의 능력에 확신을 더해가는 과정을 통해 자신의 가치를 발굴하면, 드디어 고개를 들고 자신의 운fortune을 부르러 갈 수 있게 된다.

가장 재미있는 부분은 의인화된 '운'에게 반지 모양의 빵을 빚어주는 장면이다. 운에게 도움을 받는 것이 아니라 먹을 것을 건네러 가는 모습이야말로, 자신의 삶에 운이 있건 없건, 혹은 운명이 정해져 있다고 할지라도 스스로 자신의 삶을 끌고가려는 강인한 정신력을 의미한다.

흙수저로 태어났다든가, 낳아준 부모가 마음에 안 든다든가 하는 어찌할 수 없는 내 삶의 운을 두고 원망하며 끌려가는 게 아니라, 자신의 삶을 객관화하면 비로소 '아, 내 삶도 참 짠한 삶이구나, 어디 빵이라도 하나 구워줄까?' 하는 여유가 생긴다. 그리고 더럽고 냄새나고 초라한 자존감도 구하러 갈 수 있게 된다.

미스포춘의 '운'은 외진 오솔길을 따라 깊은 산속으로 들어가면 빵을 굽는 화덕과 재를 치우는 구덩이 옆에 초라하게 앉아 있다. 빵이 먹고 싶어서 화덕 옆에 앉았으나 그 화덕에는 빵이 없다. 이는 사랑받고 싶으나 사랑받지 못한 초라한 자존감의 모습이다.

미스포춘이 자신의 운에게 직접 빵을 준다. 빵은 내가 자신에게 직접 가져다준 것이다. 자기 가치를 회복한 사람은 자신에게든 타인에게든 빵을 구워줄 수 있게 된다.

'나란 년 인생도 박복하지만 어쩌겠나, 있는 게 이 삶뿐이니, 있는 거라도 알뜰살뜰 챙겨야 하지 않겠나.'

자신을 불쌍히 여기는 푸념조이지만, 스스로를 엮어내는 이야기의 힘으로 자신을 잡아 일으켜서 드디어 씻기고 새 옷을 입혀 말갛게 빛나는 자존감을 빚어낸다. 그러자 아름다워진 '운'이 미스포춘에게 옷에 다는 술 장식을 하나 선물한다. 아주 작고 별 볼 일 없어 보이는 술이지만, 그게 신부의 드레스를 완성하는 마지막 조각인 것이다.

아름다운 이가 되는 기적

왕자가 신부의 옷을 만드는 과정은 한 사람 내부에서 스스로 커가는 자신의 모습을 그리며 끼워 맞춰가는 것을 말한다. 자신이 어떠한 사람이 될 거라는 믿음을 통해서 그 어떤 아름다운 이가 되는 기적이 바로 신부의 옷 짓기이다. 그리고 드레스를 완성하는 마지막 장식 하나를 가지고 돌아온 우리의 주인공이 그 옷을 입고 왕자의 신부가 된다.

「미스포춘」을 읽어보면 초라한 자존감을 극복하는 데에는 두 가지가 필요하다는 것을 알 수 있다. 하나는 일을 통해 자기 가치를 얻어 자신에 대한 확신을 구축하는 것, 또 하나는 자신이 아름다워질 거라고 미래의 모습을 기대하고 꿈꾸어서 그런 모습이 되어가는 믿음의 힘이다. 스스로 '나는 어떠한 사람이 될 거야'라고 미래 자신의 모습을 그리는 것은 정체되지 않고 앞으로 나아가는 데에 큰 추진력이 된다.

그러니 황금 같은 자기 가치를 찾은 후, 미래 자신의 모습을 열심히 머릿속에 그려보라. 아름다움은 그렇게 온다. 불운이라는 이름은 그렇게 행운으로 역전되고, 나를 쫓아냈던 가족과도 화해하게 된다. 동그랗게 한 바퀴를 돌아 완성되는 반지 모양의 빵처럼.

미스포춘 | Misfortune

어떻게 장미나무에 꽃을 틔우겠는가

"가장 잘 자란 나무 밑에는
가장 잘 썩은 시체가 누워 있다."

옛날 한 남자에게 자식이 둘 있었다. 첫째는 전처가 낳은 딸이었고, 둘째는 후처가 나은 아들이었다. 딸은 금발머리에 하얀 피부, 빨간 입술을 한 아름다운 소녀였다. 아들은 누나를 너무도 사랑하고 따랐지만, 계모는 전처의 딸을 미워했다.

어느 날 계모는 딸에게 심부름을 시켰다.

"식료품점에 가서 양초 한 묶음을 사오렴."

소녀는 식료품점에 갔다가 돌아오는 길에 울타리를 넘기 위해 울타리 옆 계단에 양초 묶음을 올려두었는데, 개 한 마리가 달려와 물고 가버렸다. 소녀는 울면서 집으로 돌아가야만 했다.

계모는 화가 났지만 티를 내지 않으며 말했다.

"이리와, 내 무릎에 머리를 얹으렴. 머리를 빗겨주마."

소녀가 계모의 무릎에 머리를 얹고 머리카락을 풀자, 부드러운 황금빛 머리카락이 흘러내려 바닥까지 닿았다. 그 아름다운 머리카락을 보자, 계모는 소녀가 더 미워져서 견딜 수가 없었다.

"무릎에 대고는 가르마를 탈 수가 없으니까 가서 장작 쪼개는 통나무 받침대를 가져오렴."

소녀가 받침대를 가져오자 이번에는 이렇게 말했다.

"빗으로는 네 머리를 못 빗겠으니 가서 도끼를 가져오렴."

소녀가 도끼를 가져오자 말했다.

"자, 받침대에 머리를 대어보렴."

소녀는 아무것도 모르고 시키는 대로 받침대에 머리를 얹었다. 다음 순간, 계모는 도끼를 휘둘러 소녀의 머리를 자르고는 웃었다. 그러고는 심장과 간을 꺼내 스튜를 만들어 남편에게 주었다.

아버지는 그 스튜를 먹고는 맛이 이상하다며 고개를 저었다. 스튜를 아들에게도 주었지만 먹기를 거부했다. 소년은 정원으로 달려 나가 죽은 누나의 시신을 상자에 담아 장미나무 아래에 묻고는 매일 그 아래에 가서 울었다.

봄이 되고 장미나무에 꽃이 피자 하얀 새 한 마리가 날아와 노래하기 시작했다. 마치 천상의 노래처럼 아름다웠다. 하얀 새는 구두수선공의 상점으로 날아가 노래를 불렀다.

“사악한 엄마가 나를 죽였고 / 사랑하는 아버지가 나를 먹었네. / 어린 남동생은 나무 아래에 앉아 있고 / 나는 나무 위에서 노래하네. / 나는 그렇게 죽었네.”

구두수선공이 한 번 더 불러달라고 청하자, 하얀 새는 빨간 구두 한 켤레를 달라고 한다. 그러고는 시계상으로 가서 같은 노래를 부르고는 시곗줄이 달린 금 시계를 달라고 한다. 마지막으로는 방앗간에 가서 노래를 부르고 맷돌을 달라고 한다. 그런 후 새는 맷돌을 목에 걸고, 양쪽 발에 빨간 구두와 시계를 쥐고 집으로 날아왔다.

하얀 새는 지붕 처마에 앉아 맷돌을 덜그럭거렸다. 남동생이 천둥소리인가 싶어 문밖으로 나오자 빨간 구두를 떨구어주었다. 아버지가 천둥소리인가 싶어 문밖으로 나오자 금시계를 떨구어주었다. 선물을 받는 남편과 아들을 보고 계모가 밖으로 나오자, 하얀 새는 맷돌을 떨어뜨렸다. 계모는 그 맷돌에 맞아 죽었다.

장미의 이름으로

장미는 사랑이고 본질이라고 말하는 이야기가 많지만, 이 동화에서 상미는 가시가 돋쳐 자라 피처럼 빨간색으로 터지는 꽃이다. 어떤 시인이 그랬던가. '가장 잘 자란 나무 밑에는 가장 잘 썩은 시체가 누워 있다'고.

아름답게 핀 꽃나무 아래 묻힌 소녀의 처연한 시체가 들려주는 이야기는 어쩌면 겉보기에 말짱하고 무탈해 보이는 우리 사회의 가족이라는 집단이 그 내부를 가까이 들여다보면, 차마 입 밖으로 내어 말하지 못하는 사연들이 겹겹이 숨겨져 있는 게 아니겠냐는 메시지를 전한다.

이, 계모 같은 세상

숱하게 동화에 나오는 계모들은 주인공을 핍박하고 학대하며 온갖 부정적인 동인으로 등장한다. 사실 원작에서는 구박하고 학대하는 주체가 친모인데, 차마 그런 현실을 인정할 수 없어서 계모로 각색되었다는 동화도 많다. 그만큼 현실은 녹록치 않다. 그렇다고 해서 학대의 가해자가(친모이든 계모이든) 모두 어머니라고 말하고 싶지는 않다. 단지 계모는 우리가 인정하고 싶지 않은, 그리고 불화할 수밖에 없는, 그러면서도 우리에게 강력한 지배력을 가진 힘을 상징하는 존재라 볼 수 있겠다.

허먼 멜빌의 소설 「모비 딕」을 보면, 주인공은 자신을 '이스마엘'이라 불러달라며 이야기를 시작해서는 '이 계모 같은 육지step-mother world'를 떠나 바다로 가겠다며 포경선에 타게 되는 사연을 펼쳐나간다.

성경에서 이스마엘은 아브라함의 서자인데 적자가 태어나자 어머니와 황야로 쫓겨난 인물이다. 자신을 이스마엘이라고 정의하는 사람에게 사막으로 내쫓긴 결정적인 원인이자 어쩌면 가해자인 '계모'라는 존재는 너무나 고통스러운 이름일 것이다. 그러나 자신을 서자라 말하는 이는 이 세상이 '계모 같은 세상'이라고 딱 짚어서 말한다. 어쩌면 여기에 모든 계모 이야기를 푸는 열쇠가 있는지도 모르겠다. 계모가 등장하는 모든 이야기는 바로 우리가 살아가는 '이, 계모 같은 세상'에 대한 이야기들이라고.

계모는 나를 죽인다

내 속의 계모 역시 아주 독하고 모질다. 나를 죽이지는 않으나 죽을 만큼 힘들게 한다. 보통은 꿈속에서 여러 가지 얼굴로 그 모습을 드러내고 나를 겁박해온다.

모든 이의 초자아가 뒤틀린 건 아니지만, 사실 많이들 뒤틀려 있다. 대개 "너는 이런 사람이어야 해!"라는 밧줄로 꽁꽁 옭아매어 따뜻한 삶의 엑기스를 뽑아간다. 나의 경우, '이러한 사람이어야 한다'는 밧줄이 매우 강력해서 참으로 못돼먹고 독한 계모를 내 속에 두긴 했다.

내게 못돼먹고 독한 계모의 밧줄은 대개 가부장 사회에서 말하는 여자의 '올바른 모습'이나 4대째 개신교 집안에서 내 속에 스며든 개신교 윤리에서 말하는 '믿음 좋은 자매의 모습'을 들이대며, 나를 칭칭 옭아매어 숨막히게 했다. 거기에 물질보다 정신이 더 중요하다는 쓸데없는 우월주의, 세속적인 것보다 항구적인 가치를 쫓는다는 거룩주의들이 나를 아주 못살게 굴었다.

진 시노다 볼린의 책『우리 속의 여신들』에 나오는 여신의 비유를 빌려와 말하자면, 내 속에 있는 아프로디테는 주로 '노예년'이라 불리며, 아르테미스 여신의 가면을 쓴 계모에 의해 쇠사슬에 묶여 발길질을 당했다. 가끔 계모가 소녀의 머리를 도끼로 찍어 잘라버리듯이, "또 같잖은 사내놈에 사랑이니 뭐니 하며 영혼을 팔다니, 이 노예년아!"라고 일갈하며 내 속의 아프로디테를 척살하러 달려가는 것도 이 계모, 초자아였다.

아버지가 나를 먹는다

계모가 소녀를 죽여서 아버지에게 먹인다. 결국 계모가 이바지하는 존재는 아버지로 상징되는 가부장인 것이다. 아버지는 '맛이 이상하다'고만 하고 계속 소녀의 심장과 간으로 만든 스튜를 먹는다. 더 나아가 소녀가 사라졌어도 행방조차 묻지 않는다. 소녀가 당연히 가야 할 곳에 갔음을(죽임을 당해 묻혔음을) 알기 때문이다.

머리를 자르는 것은 생각하지 말고 살라는 메시지이고, 심장과 간을 아버지가 먹는 것은 가부장에게 마음과 정신을 빼앗기고 지배당하게 된다는 뜻이다. 그리고 몸은 애초부터 여자의 것이 아니었던 듯 상자에 담겨 매장당한다. 그렇게 이 사회는 내게 생각하는 머리를 쓰지 말라고 하고, 심장과 간은 남의 피와 살로 소화되어 쓰이도록 빼앗기고 먹히는 존재로 살라고 한다.

아버지는 소녀들을 먹는다. 생각도 없고 정신도 용기도 없는 수동적인 존재가 되는 게 여자가 되는 것이라 말하며, 아버지들은 그렇게 소녀들을 먹는다.

어린 남동생이 운다는 것

어린 남동생은 소녀를 장미나무 아래 묻어주고, 나무 아래에 앉아 눈물을 흘린다. 그 눈물을 머금고 상자 속 시체가 장미나무에 꽃을 틔운다. 남동생은 하얀 새가 된 누이에게 빨간 구두 한 켤레를 선물로 받는다. 사내아이에게 빨간 구두라니. 이는 남동생이 외부에 실재하는 '남성'을 상징하는 존재라기보다, 여성 내부의 남성성을 상징하는 존재라서 그렇다.

건강한 인간은 그 속에 여성성과 남성성이 조화롭게 어우러져 있다. 한쪽이 일그러지면 다른 한쪽도 고통받는다.

내면에서 여성성에 해당하는 소녀가 억압당하고 뒤틀리며 죽어 없어지고 부인당하자, 남성성에 해당하는 소년이 운다. 심리학자 칼 구스타프 융은 여성 속의 남성성을 '아니무스animus(여성의 무의식 속에 있는 남성적 요소)'라고 했는데, 그 아니무스에 해당하는 게 어린 남동생일 것이다.

장미나무를 키운다

여자로 산다는 것은 장미나무를 키우는 것과 같다. 세상은 오로지 꽃만 내보이라고 한다. 그러면 장미나무 밑에 자기 시체를 묻은 후, 울고 또 울어서 꽃을 피우는 삶을 살게 된다. 가장 깊은 죽음에서 가장 아름다운 꽃이 핀다. 사람은, 특히 여자로 태어난 사람은 그 속에 장미나무를 키울 가능태들을 가지고 있다.

누군가 다가와 "장미꽃을 보이라"고 한다면, 그는 기어코 꽃만 꺾어가는 사람이다. 아름다운 자태, 소리, 향만 골라 추수하듯 가져가는 이들이다. 사람은 결과물이 아니다. 눈에 보이는 꽃 하나로 정의될 만큼 단면적이지 않다.

"당신 속에 장미나무가 있군요"라고 말하는 이야말로 꽃을 제대로 음미할 줄 아는 사람이다. 그 꽃을 피우기 위해 장미나무 아래에 무엇을 묻고 울고 또 얼마만큼 울었을지를 가늠하는 사람이다. 꽃으로 양분을 보내기 위해 줄기마다 어떻게 뾰족뾰족 가시를 틔웠는지도 아는 사람이다. 사람이 결과물 하나로 가늠될 수 없는 존재라는 것을 아는 사람이다. 꽃을 피우기 위한 과정을 미루어 짐작해 알고 품을 줄 아는 사람이다.

우리는 서로에게서 장미꽃이 아니라 장미나무를 봐주어야 한다. 서로의 장미나무 아래에서 같이 울어줄 수는 없다. 슬픔은 오롯이 자기 몫으로, 눈물로 떨어져 파문은 시체에 닿아 거름이 되어야 하더라. 장미꽃을 꺾지 않고 바라봐주며, 그 꽃을 피우기까지 어떻게 죽어 얼마나 깊이 묻혔는지, 얼마나 울어 그 아픔을 양분으로 삼았는지, 얼마나 힘들었기에 가시를 틔우며 올라와 꽃이 되었는지를 보아야 한다. 장미꽃이 아니라 장미나무를 보아달라. 그게 사랑이다.

하얀 새를 날려 보낸다

장미나무에 힘들게 꽃을 피우는 것은 누군가의 눈에 차서 찬사를 받기 위함이 아니다. 그러한 삶은 참으로 허무하다. 장미나무에 꽃을 피우는 것은 하얀 새 한 마리를 길러 세상으로 날려 보내기 위함이다.

노래하는 하얀 새는 바로 자기 목소리를 가지고 말을 하는 것을 의미한다. 목소리가 있어서 소리를 내었더니 세상이 들어 준다는 식이 아니다. 목소리를 내고 싶으면 목소리를 낼 만한 자리에 가 있어야 한다. 소녀일 때 목소리를 내지 못하고, 장미나무일 때 목소리를 내지 못하는 이유가 바로 그것이다. 장미를 피우고 나무가 무성하게 우거졌을 때, 노래하는 하얀 새가 등장하지 않던가.

자신의 아픔으로 자신의 세계에만 갇혀 있을 때의 목소리는 타인에게 가 닿지 않는다. 자신의 아픔을 이겨내고 나뭇가지에 앉아 세상을 볼 수 있게 되었을 때, 비로소 남들이 귀를 기울이는 목소리를 갖게 된다. 내 아픔으로 타인의 아픔을 이해하는 것은 장미를 다 키우고 나뭇가지가 무성해져서 비로소 그 나뭇가지에 앉을 수 있을 때에 가능해지는 경지인 것 같다.

사람들은 그래도 장미꽃과 하얀 새만 본다. 아무도 '그녀는 장미나무 아래에 어떤 시체를 묻었을까'에는 신경 쓰지 않는다. 그러나 어떤 시체를 묻었을지 아는 이들도 말은 하지 않는다. 그 아름다운 눈을 들여다보며, '대체 어떤 아픔을 장미나무 아래에 묻어서 이토록 눈이 슬프게 아름다워 깊어진 거냐'고 잔잔히 웃어줄 뿐이다.

이 동화의 제목은 '아름다운 금발 소녀'도 아니고 '하얀 새의 복수'도 아니고, '장미나무'이다. 이토록 장미나무의 의미가 중요하기 때문이다. 우리의 내면에는 다 장미나무 묘목이 있다. 당신은 어떤 시체를 묻어 장미나무에 장미를 피우고, 하얀 새를 그 나뭇가지에 앉혀 세상에 날려 보내겠는가. 이게 이 동화에 숨겨진 질문이다.

장미나무 | The Rose Tree

고통으로 짓는 이야기,
쐐기풀로 뜨는 옷

"'사랑은 오지 않아도 좋다'라고 혼자서도 능히 여유로울 수 있을 때,
그 사랑을 성숙하게 이룰 수 있다."

머나먼 왕국의 왕에게는 열한 명의 왕자와 한 명의 공주가 있었다. 이들은 좋은 옷을 입고 멋진 책을 읽으며 즐겁게 지냈으나 그 행복은 영원하지 못했다. 왕이 사악한 왕비와 결혼을 하게 된 것이다.

왕비는 공주인 어린 엘리자를 농부들에게 보내버렸고, 왕은 왕비가 꾸며낸 거짓말 때문에 왕자들에게 더 이상 관심조차 보이지 않았다. 그러자 왕비는 왕자들에게 주문을 걸었고, 왕자들은 하얀 백조로 변해 울음소리를 내며 숲속으로 날아가 버렸다.

농부에게 맡겨진 엘리자는 금발의 아름다운 아가씨로 자

랐다. 꽃처럼 피어난 그 모습이 보기 싫었던 왕비는 당장이라도 왕자들처럼 백조로 바꾸어버리고 싶었지만, 왕이 공주를 보고 싶어하자 꾹 참고 엘리자를 다시 궁으로 불러들였다. 왕을 만나기 전 엘리자가 목욕을 하려 하자, 왕비는 두꺼비 세 마리를 욕조 안에 넣으며 주문을 외웠다.

"한 마리는 머리에, 또 한 마리는 이마에, 또 한 마리는 가슴에 붙어서 너희들과 똑같이 추하고 흉하게 만들어버리렴! 왕이 알아보지 못하도록!"

그러나 엘리자는 너무도 순결하고 아름다워서 주문이 먹히지 않았다. 엘리자가 욕조에서 일어서자 엘리자의 머리와 이마, 가슴에 붙었던 두꺼비들은 모두 떨어져 양귀비꽃으로 변했다. 주문이 먹히지 않자 왕비는 엘리자의 머리에 호두가루를 문질러 갈색으로 물들이고 얼굴에는 역한 연고를 덕지덕지 발라 흉한 꼴로 만들었다. 왕은 이런 공주의 모습을 보고는 놀라서 자신의 딸이 아니라며 엘리자를 쫓아냈다.

엘리자는 울면서 아버지의 성에서 빠져나와 정처 없이 헤매며 며칠이고 걸어 다녔다. 그러다 만난 어떤 늙은 여인에게 오빠들에 대해 묻자, 열한 명의 왕자들은 본 적이 없으나 왕관을 쓴 열한 마리의 백조는 본 적이 있다며 그곳까지 엘리자를 데려다주었다. 그렇게 강가에 앉아 기다리다 보니 해가 졌고 곧 머리에 금관을 쓴 백조들이 날아왔다. 강변에 내려앉은 후 해가 완전히 넘어가자 백조들은 사람으로 변했다. 바로 엘리자의 오빠들이었다. 엘리자는 오빠들을 부르며 달려갔고, 남매들은 울고 웃으며 서로의 이름을 부르며 얼싸안았다.

"우리는 해가 떠 있는 동안에는 야생 백조의 모습을 하고 있단다. 하지만 해가 지면 사람의 모습으로 돌아와. 곧 우리는 이 땅을 떠나 드넓은 바다를 가로질러 다른 땅으로 가야 해."

백조 왕자들은 어린 여동생을 두고 갈 수 없어 버드나무 껍질로 그물을 만들었다. 이틀 후 날이 밝자 열한 마리의 백조들은 엘리자를 그물에 태워 드넓은 바다를 날아가기 시작했다. 바다는 거칠고 사나웠지만 아름다웠다. 꼬박 바다 위를 날아와 새로운 땅에 도착한 오빠들은 엘리자가 머물 수 있도록 동굴을 마련해주었고, 엘리자는 잠들기 전에 간절히 기도했다. 오빠들을 다시 사람으로 돌아올 수 있게 해달라고.

그렇게 잠든 엘리자의 꿈에 요정이 나타난다. 그 요정은 오빠들을 사람으로 되돌릴 수 있는 방법을 가르쳐주었는데, 엘리자가 동굴 주변과 무덤가에서만 자라는 쐐기풀을 꺾어 실을 뽑고, 그 실로 셔츠를 열한 장 만들어 백조들에게 던지면 오빠들이 그 옷을 입고 다시 사람의 모습으로 되돌아올 수 있다고 했다. 단, 셔츠를 만들기 시작하면 모두 완성할 때까지 절대 말을 해서는 안 된다고 했다. 말을 한마디라도 하면 그 말이 칼이 되어 오빠들의 심장을 찔러 죽일 거라고 덧붙였다.

나음 날 엘리자는 눈을 뜨자마자 쐐기풀을 꺾어 실을 자아 셔츠를 뜨기 시작했다. 손과 발에 물집이 잡히고 부어올라 피가 흘렀지만 묵묵히 셔츠를 만들었다. 오빠들은 말하기를 완강히 거부하며 셔츠만 뜨는 엘리자를 보고 안타까이 여길 뿐이었다.

그러던 어느 날, 그 나라 왕이 사냥을 나왔다가 엘리자를 보게 되었다. 왕은 세상에 다시없을 정도로 아름다운 소녀를 보고는 누구인지 또 여기서 무엇을 하는지 물었으나 엘리자는 그저 고개만 저었다. 왕은 엘리자를 말에 태워 궁으로 데려갔다.

왕의 사랑을 받아 마음이 열리고 그가 좋아지기 시작했지만, 엘리자는 궁에서도 오빠들을 위해 셔츠를 만드는 것을 그만둘 수가 없었다. 왕은 엘리자를 사랑하는 마음이 깊어져서 엘리자를 왕비로 삼겠노라 선언했다. 그러자 이 나라의 대주교는 누구인지도 모르는 엘리자가 못마땅해 그녀를 감시하기 시작했다. 그러다 엘리자가 밤중에 몰래 교회 묘지로 가 쐐기풀을 꺾는 모습을 보게 되었고, 이 사실을 왕에게 고하며 엘리자를 마녀로 몰아간다. 미심쩍은 마음에 엘리자의 뒤를 좇은 왕은 엘리자가 교회 묘지에서 쐐기풀을 꺾는 모습을 보고 마녀를 감옥에 가둬 화형에 처하라고 명한다.

엘리자는 감옥에서도 열한 번째 셔츠를 쉴 새 없이 떴다. 자신은 죽더라도 죽기 전에 오빠들이 걸린 마법을 풀어주어야 한다는 간절한 마음으로, 말도 없이 뜨개질에만 몰두했다. 화형장으로 끌려가는 수레에서도, 모여든 사람들의 야유를 받으면서도, 심지어 화형대 장작 위에서도 멈추지 않았다. 화형 시작을 알리는 종이 울리고 화형대에 불을 붙이려는 순간 열한 마리 백조가 처형장으로 날아 들어왔고, 엘리자는 쐐기풀 셔츠를 백조들에게 던진다. 그 순간, 백조들은 왕자들로 변해 엘리자를 둘러쌌는데, 막내 오빠의 셔츠만 팔 한쪽을 다 짜지 못해 팔 하나가 백조의 날개를 그대로 간직하게 된다.

그제야 엘리자의 결백과 그 값진 애정, 헌신의 고결함을 알게 된 왕은 엘리자에게 용서를 구하고는 손을 잡고 궁으로 돌아간다.

계모가 목욕물 속에 넣은 두꺼비 세 마리

계모는 얄밉게도 너무도 예쁜 전처의 딸 엘리자의 목욕물에 두꺼비 세 마리를 넣어주며 한 마리는 머리에, 한 마리는 이마에, 한 마리는 가슴에 붙어서 흉하게 만들라고 주문을 외운다. 그러나 엘리자가 목욕을 하고 나오자 몸에 붙었던 세 마리 두꺼비는 세 송이 양귀비꽃이 되어 목욕물 위에 둥둥 떠 있다.

계모는 진짜 계모라기보다, 뒤틀어진 모성, 여성성의 상징이다. 엘리자에게 붙인 세 마리 두꺼비는 딸을 키우며 부족한 어미들이 뱉어내는 흉한 말들이다. 「다이아몬드와 두꺼비들」이란 동화에서도 뱉어내는 흉한 말들이 두꺼비로 형상화되지 않던가.

네 아비를 닮아 이기적인 것, 피부가 흰 것들은 원래 자기밖에 몰라(이건 내가 듣고 자란 말이다), 태어나지 말았어야 하는 것(남아선호가 심한 집안에서 태어난 딸들이 듣고 자란 말이다), 커서 제 서방 잡아먹을 년(기가 센 여자들이 듣고 자란 말이다), 어미를 닮은 창녀(어미가 가정을 버리고 나간 집에서 자란 여자가 남자와 연애만 하면 키워준 그 할미가 퍼부었던 말이다. 이 얘기를 하며 당사자는 펑펑 울었다). 이런 두꺼비들을 어머니들이 뱉어낸다. 이건 어머니 삶에 돋친 가시이고, 딸에 대한 부정적인 투사이다.

인간은 다층적인지라 어미는 딸을 두고 나처럼 살지 말라는 사랑도 보이지만, 자신의 싫은 모습을 닮은 딸, 혹은 애증의 대상인 남편을 닮은 딸, 혹은 자신에게 없는 것이 있는 딸을 보며 저렇게 가시들을 쏘아댄다.

어머니와 딸의 관계에는 이처럼 양가감정이 많이 깃들어 있다. 어머니는 자신처럼 살지 말라고 딸들을 세상으로 밀어 보내면서도, 정작 자신이 성취하지 못한 것을 성취하고, 자신에게 주어지지 않았던 기회를 누리는 것을 보며 질시와 고통을 느낀다. 더불어 나날이 늙어가는 자신에 비해 꽃처럼 피어나는 딸들을 보며 시어 터지기도 한다.

엘리자는 분노하며 대들지 않고 싸우지 않는다. 대신 아버지와 어머니가 있는 성을 떠난다. 계모가 엘리자를 흉한 꼴로 만들자 아버지는 자신의 딸이 아니라고 하며 쫓아낸다. 외모가 달라진다고 딸을 못 알아보는 것은 여자의 가치를 외모에 두는 전형적인 남성들의 시선이기도 하다. 딸의 가치를 제대로 인정해주지 않고 본모습을 보지 못하며, 여자의 가치와 역할은 딱 여기까지뿐이라고 못 박는 가부장적 아버지의 모습이다. 어머니는 농부의 딸처럼 세상을 모르도록 순진하게 딸을 키우지만, 동시에 그 젊음과 가능성을 질투하기도 한다. 이럴 때 딸들은 아버지의 평가와 어머니의 애증을 다 두고 떠난다. 심리적으로 독립할 때가 된 것이다.

숲속으로 오빠들을 찾아

자신을 찾는 여정은 무의식으로 가는 여정이다. 보통 무의식으로 들어가는 공간 이동은 지하세계로의 하강, 동굴 속으로의 탐험 혹은 숲으로의 여정으로 나타난다. 엘리자 역시 숲으로 들어가 헤맨다. 그리고 왕관을 쓴 열한 마리 백조가 내려앉는 강가로 인도해주는 나이든 여인은 우리 무의식 속에 깃든 오래된 지혜의 모습이다.

문득, 다행이라는 생각이 든다. 여자의 내면을 잘 들여다보면, 거기에 오래된 지혜가 늘 숨겨져 있으니 말이다. 외부의 시끄러운 소리들을 차단하고 내면의 목소리에 귀를 기울인다는 것은 바로 이러한 오래된 지혜에 귀를 기울인다는 것이다. 어쩌면 어머니의 어머니의 어머니의 지혜는 우리의 집단 무의식에 새겨져 여성들에게 대물림이 되는 게 아닐까. 그러니까 힘들고 슬프면, 때로는 가만히 앉아 내면에서 울려나오는 목소리에 귀를 기울여야 한다.

그렇다면 열한 마리의 백조가 된 오빠들은 과연 무엇을 나타낼까? 가장 중요한 건 완전함을 상징하는 수인 열둘이라는 점이다. 엘리자가 합해져서 열둘이 되어야 비로소 이 형제자매는 통합을 이룬다. 더구나 백조로 변한 오빠들을 다시 사람으로 되돌려서 재회와 통합을 이루므로, 오빠 열한 명이 중요한 게 아니라 한 여성 속의 남성성인 아니무스와 여성성이 통합을 이루는 이야기라고 볼 수 있다.

원래 숫자 12는 고대 문명, 특히 동양 문명과 유대 문명에서 완전함, 혹은 한 개체의 통합성integrity을 나타내는 수이다. 기독교에서 이스라엘이 12부족으로 모든 하나님의 백성의 예표token(장차 미래에 구현될 것에 대한 상징)가 되는 이유도, 성 삼위일체인 숫자 3에 온 세상을 나타내는 네 개의 방위 4를 곱한 숫자이기 때문이다. 기독교가 아닌 다른 문화권에서 숫자 12는 사실 어머니 신Divine Mother을 나타내는 완성의 수이기도 하다. 그래서 열둘이 하나가 되는 이 동화의 마지막 결말은 한 여성의 내적 성장의 여정이 완성됨을 의미한다.

자신 속의 아니무스를 회복시키는 과정은 지극히 어렵다. 거친 쐐기풀에 피 흘리고 눈물을 흘려가며, 어떤 일이 있어도 말을 하지 않고 침묵 속에 겪어야 할 고난의 과정이기 때문이다. 이 쐐기풀이 죽음을 나타내는 묘지, 혹은 깊은 무의식을 나타내는 동굴가에만 자라는 것 역시 의미심장하다. 남성성과 여성성의 통합을 위해서는 여러 가지 고난과 역경을 겪어야 한다. 그래서 엘리자는 죽음의 상징인 묘지에서 자란 쐐기풀을 꺾어서 침묵과 고난 속에 옷을 짜야 하는 여정을 따라간다.

왕의 신부가 되기

왕은 사냥을 나왔다가 우연히 엘리자를 얻는다. 전리품trophy으로서 남성이 여성을 얻는 과정이 여실히 드러난다. 여자는 그렇게 납치되듯 성으로 끌려간다. 사랑은 그렇게 시작된다. 어찌 보면 비극적인 시작을 통해 해피엔딩을 꿈꾸는 것이 참으로 무리일 텐데, 그럼에도 많은 남녀 간의 관계는 이러하다. 여자를 만나 가정을 꾸리는 것을 사냥을 해서 전리품을 얻는 것으로 여기고, 사회에서 성인이라면 으레 통과의례를 거치듯이 결혼을 하는 남자들이 얼마나 많던가. 그렇게 여자의 본색을 모른 채, 자신의 옆에 데려다놓고 시작되는 관계에 사랑이 움튼다는 건 실로 기적에 가까운 일이 아닐 수 없다.

로맨스라는 신화에 세뇌된 여자들은 가부장 사회에서 인간으로서 자신의 가치가 한 남성에게 선택되는 데 있다고 생각하기 쉽다. 그래서 그 환상에 도취되어 감히 사랑도 한다. 이쯤 되면 사랑이 뭔지 잘 모르겠지만, 어쨌든 자신을 바라보는 왕의 시선과 관심에 엘리자의 심장이 뛰고 마음도 열린다. 그러나 엘리자는 말을 할 수가 없다.

어쩌면 여성이 자기 목소리를 내는 것을 금하는 가부장 사회에서 여성이 자기 통합의 여정을 거치는 것 자체가, 말 한마디 하지 못하고 쐐기풀로 옷감을 짜는 일인지도 모르겠다. 옷감을 짠다는 것은 결국 이야기를 만드는 것, 서사를 만들어내는 것이다. 사회에서 묵살되지만 여성들만의 언어로 이야기를 짜내는 것, 그 고통스러운 과정이 결국 여성의 힘이 되기 때문이다.

전리품과 사냥꾼으로 시작된 관계에는 애초부터 비극이 잉태되어 있다. 외모에만 혹해서 보이지 않던 본색이 남자의 눈에 보이기 시작한 것이다. 그런 여자의 모습을 감당할 수 없게 되면, 남자의 귀에 가부장의 상징인 대주교가 속삭이기 시작한다.

"저 여자는 마녀라고!"

사실 남자들은 자신들이 미처 몰랐던, 혹은 알았어도 자신의 여자에게만은 기대하지 않았던 여성 속의 강인함, 고집, 이기심 등을 보고는 놀란다. 시간이 지나면 겉모습 뒤에 가려져 있던 진짜 모습들이 드러나니까.

그럴 때 대부분 남성은 자신의 남성성이 이러한 여성의 모습을 감당할 수 있는 것일까 고찰하는 대신, 자신의 작은 에고ego를 지키는 방어기제를 발동시킨다. '내 (작은) 에고를 위협하는 여자는 마녀이다'라고 말이다. 그렇게 비난하고 저주하며 자신의 세계에서 없애겠다고 사형 선고를 내린다. 많은 연애와 결혼은 이렇게 끝이 난다.

관계는 이런 식으로 이미 끝났는데, 막다른 골목에 갇히듯 관계를 구원할 어떠한 시도도 대화의 여지도 없이, 다만 공동으로 양육해야 하는 아이들이라는 책임과 남들 눈에 멀쩡해 보여야 한다는 체면으로 유지되는 결혼만큼 비극적인 관계도 없다. 하지만 많은 결혼생활이 이런 듯싶다. 어설픈 로맨스 신화에 열중하는 여성, 그리고 때가 되었으니 사회적인 단계를 거쳐야 한다는 압박에 몰린 남자의 결혼은 대부분 겉모습은 유지할지라도 실제로는 이렇게 파국을 맞는다.

구원은 탈바꿈에서 온다

엘리자는 본시 지닌 내면의 힘이 있다. 고난의 여정이 시작되기 전에도 계모가 목욕물에 넣어준 두꺼비들을 모두 양귀비꽃으로 변하게 하는 힘이 있었다. 즉, 자기 구원에는 독을 꽃으로 바꾸는 힘이 필요하다.

우리는 어찌해서든 타인들과 만나며 계속 다친다. 나의 욕망이 과도하게 나아가 다치는 것인지, 타인들이 비정해서 다치는 것인지 때로는 헷갈린다. 때로는 이유 없이(혹은 이유를 알 수 없으나) 타인들의 증오와 이기가 나를 찔러오기도 한다. 그럴 때 이러한 독을 꽃으로 바꾸는 힘은 자신의 아름다움과 선함을 믿고 중심을 감싸 안는 힘이다. 타인에게 의존하지 않으며, 독립적이고 호두알처럼 견실한 자아는 그걸 능히 해낸다. 타인의 평가에 폭풍우에 휘말린 조각배처럼 자신이 요동치는 것을 허하지 않을 힘을 키워야 한다.

그러나 이것만으로는 부족하여 하나를 더해야 한다. 바로 동물로 변한 자신 속의 아니무스를 사람으로 되돌리는 일이다. 어린 시절 열한 명의 왕자와 엘리자가 남녀구분 없이 왕자와 공주로 귀하게 자라는 시기는 내면의 남성성과 여성성이 분화되지 않은 모습이라 할 수 있다.

여성이 자라나면서 초경 등의 신체의 변화를 통해 여성성을 자각하면, 그때부터 아니무스가 동물로 변해 날아가 버리는 자기 내부의 왜곡이 일어난다. 그렇게 내면이 분리된다. 가부장 사회가 요구하는 얼굴만 보이라는 압박이 시작되고, 아버지인 왕은 공주의 흉한 모습만을 보고 판단하고 내쫓는다. 또한 다른 여성들은 남성 앞에서 경쟁자가 되어 또 다른 여성의 아름다움을 훼손하려 든다. 남자 앞에서 평가받는 지극히 의존적이고 불안한 여성의 자의식은 이렇게 키워진다. 남자에게 아름답다고 평가받아야 비로소 남자의 성에 살 자격을 얻는 빈한한 자기 가치임에도, 거기서 높은 평가를 받은 여성들은 그걸 자랑스러워하거나, 행여 누가 자신보다 높은 평가를 받을까 소문과 중상으로 서로의 가치를 훼손하며 경쟁하는 아귀다툼이 시작된다.

그래서 엘리자는 아버지 성을 떠나 숲으로 간다. 자신의 가치를 되살리기 위한 여정을 떠나며, 오래된 지혜의 도움을 받고, 분열되었던 자신의 남성성을 찾는다. 그리고 사랑의 정상과 죽음의 골짜기를 거치며 쐐기풀로 옷감을 짠다. 자신의 이야기, 서사를 엮어 이야기를 만드는 힘, 자신의 가치를 빚어내고, 그걸 하나의 이야기로 완성하는 순간, 드디어 분열에서 벗어나 통합된 자신을 이룬다.

진정한 사랑도 그때 온다. 통합되어 완성된 여자는 그 내면에 대지의 여신이 주는 풍요로움을 한껏 펼칠 수 있어 죽은 나무에서도 잎이 돋고 꽃이 핀다. 힘들었던 삶이 자기 깨달음을 통해 비로소 풍요로워진다.

결국, 구원은 나를 납치해가는 왕에게서 오지 않는다. 별안간 왕비로 격상되고 '오래오래 행복하게 살았답니다' 따위는 존재하지 않는다. 외려 사랑에 버림받고 바닥으로 떨어져 추스르고 버티다가 자신의 진정한 가치를 깨닫고 빛나는 이마로 세상을 마주할 수 있을 때, 그녀의 가치를 알아본 사랑이 찾아온다.

현실에서는 진정한 사랑을 이루는 이가 꼭 여자를 버린 왕과 동일한 남자는 아니다. 하나의 사랑이 끝나고 새로운 사랑이 찾아오는 형태로 완성해가는 경우가 더 많다. 그러나 여자는 이전에 실패한 사랑을 겪어서 이제 다른 사람이다. 구원은 이렇게 스스로 탈바꿈을 할 수 있을 때 비로소 오고, 사랑 역시 그때 찾아온다. 하지만 '사랑은 오지 않아도 좋다'라고, 혼자서 능히 여유로울 수 있을 때 사랑이 와야만 성숙하게 이룰 수 있다는 역설이 있으니 어쩌면 좋을지 모르겠다. 오지 않아도 좋으니, 그저 혼자서도 좋으면 또 괜찮지 않은가 싶다.

왕의 신부가 되고 싶은가? 목표가 그것인 이상 반드시 버림받을 것이다. 먼저 자신 속의 오래된 지혜의 목소리를 듣고, 분열된 자신을 통합하고, 자기 가치를 일구어 차오르는 내면의 빛으로 빛날 때, 누군가의 빛나는 신부가 되어도 좋다. 백조 왕자를 위해 고난과 침묵 속에 쐐기풀을 짤 수 있는가? 거기에 모든 것이 달려 있다.

Part2

그녀의 사랑법

"미가 추이고,
추가 미이니"

숲으로 가야 하는 이유

"빨간 모자는 남들 눈에 보기 좋은 모습으로 살아가는,
남들이 살라는 대로 살아가는, 동시에 자신이 원하는 것이 무엇인지 몰라서
정말로 원하는 것을 억누르고 살아가는 어린 여성의 모습이다."

옛날 사랑스러운 작은 소녀 한 명이 살았다. 할머니는 그녀를 너무 예뻐해서 빨간 벨벳으로 모자를 만들어주었다. 소녀는 이 모자가 너무 좋아서 늘 쓰고 다녔고, 사람들은 소녀를 '빨간 모자'라 불렀다.

어느 날 엄마가 소녀를 불러 바구니 하나를 들려주며 말했다.

"할머니가 아프시니 케이크와 포도주를 가져다드리고 오렴. 한눈팔지 말고 곧장 할머니 집으로 가야 해."

할머니는 마을에서 동떨어진 깊은 숲속에 살고 있었다. 소녀

가 숲속에 들어가자 어디선가 늑대 한 마리가 나타나 말을 걸어왔다.

"안녕, 빨간 모자야." 그리고 어디를 가느냐고 물었다. 빨간 모자는 순진하게 아픈 할머니 집에 와인과 케이크를 가져다드리러 간다고 대답했다. 늑대는 이 어린 소녀가 너무 맛있을 것 같았지만, 소녀와 할머니를 둘 다 잡아먹기 위해 꾀를 내었다. 지름길로 가서 할머니를 먼저 잡아먹고 소녀를 기다리기로 한 것이다. 그렇게 한걸음에 할머니 집으로 간 늑대는 아파서 자리에 누워 있는 할머니를 한입에 잡아먹었다. 그러고는 할머니 옷을 입고, 할머니의 모자를 쓰고 침대에 누워 소녀를 기다렸다.

빨간 모자는 예쁜 꽃들에 정신이 팔려서 딴 길로 샜다가 한참이나 후에 할머니 집에 도착했다. 오두막의 문이 열려 있어서 이상하다 생각하며 집안으로 들어선 빨간 모자는 큰 소리로 인사를 했다. "안녕하세요, 할머니!" 그러고는 침대 커튼을 걷었다. 할머니는 이불을 뒤집어쓰고 누워 있었는데 그 모습이 아주 이상했다.

"할머니, 귀가 너무 커요."

"네 소리를 더 잘 들으려고 커졌지."

"할머니, 눈도 너무 커요."

"너를 더 잘 보려고 커졌지."

"할머니, 손도 너무 커요."

"너를 더 잘 안아주려고 커졌지."

"할머니, 그런데 입이 너무 커요."

"너를 잡아먹으려고 커졌지."

이 말을 하자마자 늑대는 풀쩍 뛰어 일어나서 한입에 빨간 모자를 삼켜버렸다. 그리고 배가 잔뜩 불러 코를 골며 그대로 곯아떨어졌다. 코 고는 소리가 어찌나 컸는지 마침 지나가던 사냥꾼이 오두막 안으로 들어왔다가 늑대를 보았다. "마침 잘 만났네, 얼마나 찾아다녔는데" 하며 총을 쏘려다가, 자고 있는 늑대의 배가 잔뜩 부풀어 오른 것을 보고는 총을 내려놓고 가위를 들어 배를 갈랐다. 싹둑싹둑 가위질 두 번에 빨간 모자가 뱃속에서 모습을 드러냈고, 싹둑싹둑 두 번을 더 가위질하자 할머니가 모습을 드러냈다. 이들은 늑대의 뱃속에 돌덩이를 넣고는 다시 꿰매어버렸고, 늑대는 잠에서 깨어난 후 돌덩이의 무게를 견디지 못하고 쓰러져 죽어버렸다.

할머니의 집은 왜 숲속 깊이 있을까

빨간 모자에 숨은 이야기를 읽어내는 건 이 질문부터 시작한다. 몸도 건강하지 않은 늙은 여자가 왜 동네에서 동떨어진 깊은 숲속에서 혼자 살까? 이는 숲이 상징하는 것과 깊은 관련이 있다. 숲으로 들어가는 것은 자신의 무의식으로 들어가는 것과 같은 일이다.

무의식에는 원초적 본능의 상징인 늑대도 살지만 아주 오래된 지혜도 산다. 숲속의 늙은 여인은 때로는 마녀로도 표현되지만, 사실 나쁜 마녀라기보다는 러시아 민담에 나오는 늙은 할머니 바바야가Baba Yaga(러시아 숲속에 사는 요괴로 뼈와 가죽만 남은 노파의 모습을 하고 있다)의 모습에 가깝다. 바바야가 이야기는 여인 속에 잠재해 있는 선하지도 악하지도 않은 오래된 지혜와 힘을 가장 잘 나타낸다. 그래서 삶의 위기에 처하면 여자들은 황야나 숲을 헤매는데 그럴 때 내면의 힘이 노파의 모습으로 나타나 위기를 해결할 실마리를 제공한다.

빨간 모자의 경우, 다른 동화의 주인공들과 달리 표면적인 위기 상황에 내몰려서 숲으로 간 게 아니다. 그보다는 아픈 할머니의 부름에 부응해서 숲으로 간다. 아프다는 것은 무언가 결핍되었다는 뜻이다. 그렇다면, 대체 무의식 속의 결핍을 회고하는 할머니가 자신을 불러서 만나러 간다는 것은 어떤 의미일까? 단서는 이 동화의 맨 첫 줄에 나와 있다.

빨간 모자는 '사람들이 보기에 예쁘고 좋은' 여자의 모습을 하고 있다. 이름조차 본연의 이름으로 불리지 않고, 사람들의 눈에 보이는 모습에서 가장 뚜렷한 특징인 '빨간 모자'로 불린다. '보기에 좋다'고 하는 것은 성경에서 '안목의 정욕'이라고 하는 인간의 욕망이다. 만 가지 죄, 그러니까 온갖 욕망은 보는 것에서부터 시작이 된다는 뜻이다. 즉, 빨간 모자는 남들 눈에 보기 좋은 모습으로 살아가는, 남들이 살라는 대로 살아가는, 동시에 자신이 원하는 것이 무엇인지 몰라서 정말로 원하는 것을 억누르고 살아가는 어린 여성의 모습이다. 자신이 원하는 것을 억누르고 그것이 무엇인지 잘 모르고 살다 보면 무의식 어디에선가 부르는 소리가 들린다. 아프고 병들어 자리에 누운 할머니가 보살핌이 필요하다는 그런 소리가.

늑대에게 잡아먹히기 위해 숲에 간다

'나는 내게 금지된 것을 소망한다'는 프랑스 시인 폴 엘뤼아르의 시 「커브」 시구이자 한국 소설가 양귀자의 소설 제목이기도 하다. 이 명제는 실로 참이다.

숲은 금지되어 억눌러놓은 모든 것이 서성이는 곳이기도 하다. 이 금지된 것들을 형상화하는 존재가 바로 늑대라 할 수 있다. 게다가 늑대는 항상 굶주려 있어 먹을 것을 찾아 헤맨다. 충족되지 못해서 '굶주림'으로 형상화되는 욕망은 식욕뿐만이 아니다. 성욕 또한 굶주림에 포함된다. 남들 눈에 보기 좋은 여자로 산다는 것은 대략 날씬한 몸을 유지하기 위해 먹는 것을 참고 굶어야 한다는 의미이기도 하고, 정숙한 여자로 보이기 위해 성욕도 억눌러야 한다는 것을 의미하기도 한다.

그리하여 남들 눈에 보기 좋은 여자의 내면인 숲속에는 굶주림에 시달리는 늑대가 시뻘건 눈을 하고 으르렁거리며 먹을거리를 찾아 헤매고 있다. 이 굶주림이 심해지면 마찬가지로 숲속 깊은 곳에 도사리고 있는 여자의 오래된 지혜가 부르기 시작한다. 더 이상 내면의 굶주림이 외치는 소리를 외면해서는 안 된다고. 그게 할머니가 아프다고 부르는 이유이다.

숲속 밖, 의식의 세계에서는 어머니로 형상화되는 초자아가 숲속 내면세계의 부름을 몸이 아프다는 신호로 깨닫는다. 그래서 스스로를 돌아볼 필요가 있다는 것을 깨닫고, 자신의 의식을 드디어 숲속으로 들여보낸다.

겉보기에는 '아, 나는 좀 쉬어야겠어' 혹은 '이런 방식대로는 살지 못하겠어' 정도의 인식이지만, 숨어 있는 진실은 깊은 무의식의 요구에 호응해서 늑대에게 잡아먹히러 가는 것이라고 할 수 있다.

할머니가 늑대이다

늑대는 할머니 분장을 하고 할머니 흉내를 낸다. 늑대가 할머니이고 할머니가 늑대이다. 깊은 무의식 속에서 이들은 결국 동전의 양면과 같은 존재이다. 늑대는 가장 원초적인 생명의 힘이고, 할머니는 가장 원초적인 지혜를 상징하는 존재이니 말이다. 할머니의 병은 결국 늑대의 굶주림을 대변한다. 충족되지 않은 내면의 굶주림은 결국 빨간 모자를 잡아먹는다. 내면의 굶주림에 먹힌 의식은 깜깜한 뱃속에 갇힌다. 암흑의 시대는 그렇게 도래한다.

전복의 시간

억눌렀던 욕망이 역습해올 때에는 몸이 아프거나 정신에 균열이 일어난다. 가장 흔한 정신의 균열은 우울증이다. 허무하고 공허하며 덧없기도 하고 갑작스레 행복해졌다가 나락에 떨어지기도 한다. 충동적인 소비 욕구로 드러날 수도 있고, 왁자지껄 제법 즐거워 보이게 웃고 떠들고 먹고 마시고 돌아다니다가, 집으로 돌아오면 우르르 무너지는 현상으로 나타날 수도 있다. 허무가 깊을수록 밖에 나가서는 더 즐겁게 먹고 마시며 시간을 보낸다.

암흑의 시기라고 해서 늘 우울하고 힘들고 침침한 모습으로 오는 것은 아니다. 다만 자신의 내부에 자신을 집어삼킬 듯한 거대한 크레바스crevasse(빙하가 갈라져 생긴 좁고 깊은 틈)가 도사리고 있는 것을 문득문득 느끼며 소스라치고 있을 뿐이다.

이 시간들이 꼭 나쁜 시간만은 아닌 것 같다. 아프고 힘든 시간을 통해 영혼의 그릇이 넓어진다. 찢어지는 고통을 참아야 넓은 지경으로 속사람이 늘어나며 커지는 법이기도 하다. 하지만 중요한 것은 이런 암흑의 시대를 거칠 때 누군가 와서 구원해주기를 기다려서는 절대 나아질 수 없다. 진정한 구원은 자신을 늑대 뱃속에서 끄집어내는 힘을 기르는 것이다. 그렇게 사냥꾼을 내면에 키워 늑대의 배를 가르러 오면 전복이 이루어진다.

자신을 구원하는 힘, 사냥꾼

사냥꾼이 할머니와 빨간 모자를 잡아먹은 늑대를 발견하고 첫마디를 내뱉는다. "마침 잘 만났네, 얼마나 찾아다녔는데." 사냥꾼은 계속 늑대를 추적하며 찾아다녔다. 허기에 찌들어 집어삼키는 것도 내면에서 서서히 커진 힘이지만, 그런 자신을 구원하러 오는 것도 내면에서 서서히 커진 힘이다.

사냥을 하려면 사냥감을 추적하는 직관과 본능, 기다리는 인내심 그리고 동물의 습성을 잘 알고 그 행동을 파악하는 지혜가 필요하다. 그래서 사냥꾼은 한 사람 내부에서 자신을 성찰하는 능력을 의미한다. 무엇보다 사냥감을 손에 쥐는 것처럼 무언가를 이룩해서 손에 쥐겠다는 야심이 깃든 힘이기도 하다. 이는 자기 내부의 결핍을 인지하고 지켜보며, 원인이 무엇이고 어떻게 채울 수 있을지를 고민하며 길러지는 힘이다. 더 나은 사람이 되겠다는 의지가 있어야 사냥꾼이 오두막으로 온다. 사냥꾼은 우연히 지나다가 들른 것이 아니다. 오랜 세월 추적하던 늑대를 보고, 쉽게 죽일 수 있는 총을 쓰지 않고 칼로 그 배를 갈라 잡아먹힌 할머니와 빨간 모자를 구해낸 것이다.

늑대의 배에 돌을 채우는 이유

사냥꾼은 늑대를 그냥 죽이지 않고 배에 돌을 채워 다시 꿰매는 수고를 한다. 왜 그럴까? 내면의 굶주림, 욕망은 총으로 쏘거나 칼로 찔러 죽였다고 없어지지 않는다. 그것을 채워주어야 해소되어 없어진다. 그래서 그 배를 그득하게 채워준다. 자기 자신을 잡아먹거나 뜯어먹는 대신, 그득하게 포만감을 주어 그 무게를 버티지 못해 쓰러져 없어지도록 한다.

여기서 돌은 주로 그 엄청난 무게감으로 묘사된다. 더 이상 무언가를 굶주려 찾을 필요가 없다는 자기 확신의 무게를 말한다. 내면의 헛헛함이 달래지고 아주 괜찮아질 때 그 확신은 무거운 추처럼 내면에 가라앉기 때문이다.

소녀는 더 이상 어린아이가 아니다

이제 숲을 거친 빨간 모자는 집으로 돌아간다. 같은 모습으로 돌아가지만 더 이상 같은 사람은 아니다. 이젠 자기 목소리로 말한다. "앞으로는 숲으로 가지 않겠어요"라고 말하지 않는다. "앞으로는 숲길에서 한눈팔지 않겠어요"라고 말한다.

소녀는 이제 더 이상 누가 시켜서 한눈팔지 않아야 한다고 생각하는 어린아이가 아니다. 아무도 보지 않기에 그 약속을 어겨도 된다고 생각하는 어린아이도 더 이상 아니다. 누군가 압박을 하기에 어떤 행동을 하지 말아야 한다고 생각하면, 그게 금기가 되어 오히려 더 하고 싶어서 꼭 하게 되는 숲을 이미 거치지 않았던가. 이젠 자기 의지로 누가 보든 말든, 하지 말아야 할 행동을 익히 알기에 안 하는 그런 존재로 거듭난 것이다.

그래서 우리는 거듭난 존재로 집으로 돌아가기 위해서 숲을 통과해야 한다. 여자로 살아가는 삶은 하지 말라는 금기도 참 많고, 자신이 원하는 바를 알기도 힘들고, 원하는 것을 당당하게 표현하고 쫓아가기도 힘들 수 있다. 빨간 모자는 결국 스스로 원하는 것을 알고 자신의 의지로 살아가는 지혜에 대해 말하는 동화이다. 그 지혜를 얻기 위해서 자기 내면 속으로 여행을 떠나야 한다고 말한다.

여자가 욕망에 대처하는 자세

"그러니 늑대야. 나를 잡아먹어라.
내가 불처럼 타오르는 망토를 걸치고 숲으로 달려갈 테니."

빨간 망토는 숲으로 가야만 한다

많은 경우 뒤집어보면 진실이 드러나는 경우가 있다. 인간은 하고 싶은 걸 하지 못할 때, 오히려 하고 싶은 것을 저주하는 경향이 있다. 마치 이솝우화의 「여우와 포도」에 나오는 여우가 포도를 따지 못하자 저 포도는 아주 신 포도일 거라고 죄 없는 포도를 저주하는 것처럼 말이다. 결국, 터부시되는 많은 일이 인간에게 금지된 욕망이고, 인간이 금지된 것을 욕망한다는 건 당연한 비밀일지도 모른다.

「빨간 모자」는 그런 의미에서 시사적이다. 왜 아직 여자가 되지 않은 소녀는 꼭 숲에 가야 하는 걸까? 의문은 거기에서부터 출발한다. 할머니는 왜 어두운 숲을 지나 도달하는 먼곳에 사는 걸까?

세상은 늘 여자들에게 숲에 가지 말라고 한다. 위험하다고 여자들을 설득하며, 남자는 다 늑대라고 경고한다.

그러나 제대로 말하자. 남자를 거치지 않고 소녀가 여자가 될 수 있냐고. 어두운 숲을 거치지 않고 나뭇가지 사이로 비치는 햇빛을 알 수 있냐고. 혹은 어둠 속에 빛나는 불빛을 밝힌 집을 발견할 수 있냐고. 삶의 어두움과 빛을 모르고 자라는 영혼이 어디 있냐고.

'소녀는 숲에 가야 한다. 그것도 그냥 가면 안 된다. 빨간 두건이 달린 망토를 걸치고 가야 한다.'

중요한 건 흰 망토가 아니라는 점이다. 순결을 상징하며 오염되고 타락할 가능성이 높은 흰 망토를 걸치고 가는 게 아니다. 여자들에게 오염되고 타락할 수밖에 없는 순결을 지니라고 저주를 거는 폭력 따위는 거부해야 한다. '감히 누구를 타락 가능성으로 가늠하느냐'고 분노해야 한다. 그리하여 순결 따위, 흰 망토 따위는 거부한 채, 불타는 빨간 망토를 걸치고 어두운 숲으로 들어가야 한다. 빨간 망토를 걸칠 용기가 없으면 아예 숲으로 들어가지도 말라. 그곳은 겁쟁이들이 들어갈 곳이 아니다.

아버지의 착한 딸로 스스로 욕망을 박제해서 인형처럼 눈꺼풀만 깜박이며 그 경배를 받고 사는 게 나은 여자들은 숲에 들어갈 필요가 없다.

그런 여자들에게는 이렇게 말해주고 싶다.

"빨간 망토가 주홍글씨처럼 낙인이라고 생각한다면, 네 삶은 죄의식의 좁은 닭장 안에서 푸드덕대는 삶이라 생각하면 되겠다. 닭장 속에서 네 수탉이 다른 암탉에 올라타는 죄를 범하지 않도록, 정신을 칼날같이 날카롭게 세우고 유지하며 열심히 눈을 굴리며 살도록 해라. 어두운 숲속에서 스스로 붉게 빛나는 표상을 지닌다는 건, 살아 있음이 축복이므로, 살아 있으니 욕망하고, 욕망과 조우해 삶이 허락하는 바를 다 껴안겠다고 선언하는 것이다."

붉게 타오르는 기표가 없이 어떤 삶이 찬란하겠는가.

늑대야, 기꺼이 나를 잡아먹어라

숲에 들어감은 늑대를 만나기 위해서이다. 늑대에게 잡아먹히기 위해서이다. 늑대의 허기와 은빛 털을 마주하기 위해서이다. 어리고 몽매한 소녀도 이미 숲에 들어가기 전부터 이 여정이 '허기'에 관한 것이라는 것을 알고 있다. 허기와 갈망과 욕망에 대한 것이라는 것을. 그래서 빵과 포도주를 들고 간다. 숲을 지나게 되면 할머니의 허기, 아니 할머니로 가장한 내면의 허기와 마주하게 된다는 것을 알고 있으니까.

숲속의 할머니는 죽음과 삶의 가장자리에서 지혜를 부리는 존재이다. 이 할머니의 이름으로 깨달음은 오게 되어 있다. 숲으로 들어가는 소녀는 허기가 근원적인 욕망이라는 것을 알기에, 허기를 붙들고 오래된 내면의 지혜를 상징하는 할머니를 만나러 간다. 그리고 숲속에서 금지된 욕망의 실현이 일어난다는 것을 알기에, 욕망을 부르는 빨간 망토를 두르고 어두운 숲속으로 발을 디딘다.

늑대에게 먹힌다는 것은 세상이 빚어주었던 인식을 깨고 내면에서 타고난 오성悟性을 발견하고 거듭나는 것을 의미한다. 오성이란 내면에 감추어진 힘으로 생명을 긍정하는 에너지이다. 위기의 순간 오성은 사람의 정신을 아득한 검은 우물에서 건져 올리는 황금 밧줄의 역할을 한다. 소녀는 금지된 욕망이 원하는 대로 모든 허기를 짊어진 늑대를 만나고, 늑대의 가죽을 입고 늑대의 감각으로 세상을 달릴 수 있게 된다. 그 배에 들어갔다 나와야 소녀는 감았던 눈을 뜨고 '후아' 하며 숨을 내뱉은 후 두 발로 서서 숲을 벗어나 세상으로 나아가게 된다.

세상으로 다시 돌아갈 수 있게 늑대에게서 나를 꺼내주는 사냥꾼을 부리는 것도 나, 세상이 하찮게 경고 딱지를 붙인 남자 사람이란 '늑대' 따위를 거쳐가는 것도 나, '어떤 색의 옷을 입든 나는 나'라는 것을 아는 그런 여인이 되는 것이다.

그러니 늑대야, 나를 잡아먹어라. 내가 불처럼 타오르는 망토를 걸치고 어두운 숲으로 달려갈 테니.

빨간 모자 | Little Red Riding Hood

가시덤불로 둘러놓은 이곳에 누가 들어올까

"어릴 땐 진정성만 있으면 다 되는 줄 알았다.
아무리 서툴고 제멋대로여도 진심이면 다 되는 줄 알았던 것 같다."

가시덤불이 편했다

어릴 땐 그렇게 생각했다. 남자가 여자를 진정으로 사랑한다는 것은, 가시덤불로 둘러싸인 성안으로 가시에 찔리고 다쳐가면서도 헤치고 들어와서 잠들어 있는 여자를 깨워주는 것이라고. 그래서 일부러 가시를 더 키웠는지도 모르겠다.

그렇게 사랑을 늘 시험했다. 정말로 나를 사랑한다면, 당신이 찔려서 다치더라도 숨어 있는 연약하고 사랑스러운 내 본질을 찾아서 오는 거라고 생각했다. 당연히 번번이 사랑에 실패했다.

그러고는 백 년은 족히 혼자 잠잔 영혼처럼 외롭다고 온갖 청승을 떨며 울부짖다가, 사랑 따위는 없다고 시어 터져서 시니컬하게 굴기 일쑤였다. 시니컬한 게 가장 편하기는 했다. 가장 상처를 덜 받는 포장이니까.

시간이 흐르면서 내가 「잠자는 숲속의 미녀」를 잘못 읽었다는 것을 알았다. 여자가 저주를 받아 잠들고, 잠에서 깨어나 다시 산다는 이야기에는 다른 의미가 있다. 이 이야기야말로 여성 버전의 메타모포시스metamorphosis, 즉 다른 존재로의 질적인 변화인 탈바꿈에 대한 이야기였다. 「미녀와 야수」에서는 남자가 여자의 도움으로 메타모포시스를 거치지만, 「잠자는 숲속의 미녀」는 여성이 질적인 변화를 하며, 그 비밀은 영혼의 깊은 잠에 있다고 한다.

여자가 잠든다는 것

동화에서 여자는 물레바늘spindle에 찔려 잠이 든다. 물레질spinning이 상징하는 바는 대개 운명의 실을 잣는 그리스 신화의 세 자매와 연관되어 운명과 우연히 만난다는 의미로 사용된다. 더욱이 물레질이나 뜨개질은 전적으로 여성들의 일이었기에 여자로서 살아가는 운명을 말하기도 한다. 어린 여자아이가 커서 소녀가 되고, 초경을 하고, 막 여자가 되어가는 열여

섯 살, 세상에 찔릴 만한 뾰족한 것들이 얼마나 많은데 하필이면 물레바늘에 찔려서 다쳤을까? 그 이유는 물레질이라는 운명과 연관지어 생각해보면 알 수 있다. 물레바늘에 찔려 상처를 입는다는 것은 여자가 되기 위해 무언가에 찔리고 다치는 운명적인 과정을 거친다는 의미이다. 누군가는 물레바늘이 남근의 상징이라며, 물레바늘에 찔리는 것은 소녀가 남성에 의해 혹은 남성을 의식하고 자신의 여성성을 각성하는 과정이라고 설명하기도 한다.

그렇게 볼 수도 있지만, 소녀가 남자를 이성으로 인식하면서 상처를 받는 과정은 그리 단순하게 가해나 피해로 볼 일은 아니다. 남자가 일방적인 가해자도 아닐뿐더러 여성이 그리 나약하지도 않다. 그보다는 물레바늘에 찔려 쓰러지는 것은, 아직 어리고 미숙한 여성이 미숙한 사랑으로 남성에게 다가갔다가 상처받는 과정이 아닐까 싶다.

어릴 땐 진정성만 있으면 다 되는 줄 알았다. 아무리 서툴고 제멋대로여도 진심이면 다 되는 줄 알았던 것 같다. 그래서 사랑에 빠지면 무지막지하게 질주하듯 상대에게 열광하며 달려갔다. 진심에 열광까지 넘치면 그 속도를 어쩌지 못해 걸려 넘어지던가, 상대가 차마 감당하지 못해 결국 상대를 들이받는 형국이 된다. 자신감이 부족하고 불안이 크니 외려 자신을 냅다 던지는 형국이었달까. 그리고 그렇게 달려가면 아니 다칠

수가 없다.

상처는 그렇게 입는다. 같은 방식으로 사랑의 실패를 몇 번 되풀이하다 보면 영혼이 텅 비어 마치 잠자는 것처럼 된다. 영혼은 깊은 내면의 크레바스로 빠져들어 간다. 자기 내부로 끝없이 파고 들어가 웅크린다.

다시 깨기 위해 자는 것

상처는 달갑지 않다. 그러나 상처가 없이 안온하기만 하다면 또 성장이란 없다. 더구나 부피만 늘리는 성장이 아니라 내가 세상을 다른 시각으로 볼 수 있는 질적인 변화가 있으려면 영혼은 이따금 잠을 청해야 한다. 오랜 잠을. 그래서 좀 오래 아픈 것도 필요하다.

영혼의 잠은 내면의 사막을 헤매는 일이기도 하고, 내면의 크레바스 밑바닥을 헤매는 일이기도 하다. 바닥까지 떨어져서 기어 다니다 보면, 내면의 가장 어두운 밑바닥에서 만나는 힘이 있다. 가장 원초적인 생명력, '살고 싶다'라는 강력한 힘이 심연의 밑바닥에서 뱀처럼 꾸물거리는 것을 느낄 수 있다. 이게 가장 깊은 바닥을 쳤을 때 겪는 일이다. 그렇게 바닥에 닿으면 이제 올라올 일만 남은 상태가 된다. 이는 사막의 지표 깊숙한 곳에 숨은 강줄기를 찾아 터뜨리는 일이기도 하다.

언젠가 남편의 바람으로 힘든 일을 겪은 여인에게 차마 해줄 말이 없어 손을 잡고 물은 적이 있다.

"괜찮아요?"

내가 들어본 이혼 사연 중에 가장 가슴이 아팠다. 무엇보다 아이가 입은 상처가 너무 커서 엄마로서 분노를 터뜨리고도 남을(나 같았으면 상처를 준 아이의 아비를 죽이고 싶다는 생각이 들 정도의) 그런 상처가 있었다. 의외로 그녀는 그렇게 담담하게 말했다.

"이젠 아무리 힘들어도 내가 죽지 않는다는 것을 알아요. 그래서 괜찮아요."

사랑이 가장 중요하다고 믿는 순진한 낭만주의자가 사랑을 찾다가 잃어버리면 어떻게 될까? 그것도 충만하지 못한 빈한한 자존감으로 더 갈급하게 찾았던 사랑을 잃어버리면, 한동안 까마득한 영혼의 심연 바닥을 기게 된다.

힘든가, 죽고 싶은가, 정말로?

그러나 살아 있다면 아직은 괜찮은 거다. 정말로 괜찮아서 괜찮은 게 아니라, 괜찮지 않아도 괜찮을 수 있는, 그렇게 살아가는 시기가 있다. 그 시기를 거치며 스스로 변한다.

무엇보다도 '왜 나는 수동적이어서, 사랑을 못 받아서, 그리 사무쳤는가?'를 자문하게 되고, '사랑해줄 타인이 없어 나는 죽어야 하는가?'를 묻게 되고, '사랑 이외에 삶의 가치는 없는가?'를 또 묻게 된다. 그리고 점차 긴 시간을 사랑해주는 사람이 없어도 잘 살아내는 자신을 보면서 사랑해줄 사람, 그 대상이 필요한 것이 아니라는 것도 알게 된다. 이게 다 가능해지면, 내면의 성을 둘렀던 가시덤불에서 가시를 우수수 떨굴 수 있게 된다.

무엇보다 초라한 자존감, 사랑받고 싶다는 절박함, 그러면서도 기민하도록 예민한 자의식으로 자신을 먼저 찔렀다는 걸 알게 된다. 남을 찌르는 가시는 모두 다 내면에 도사리고 있다가 내 거죽을 먼저 찢고 나간다는 것을 알게 된다. 이것을 깨달은 순간, 더 이상 아플 필요가 없어진다. 그렇게 가시가 하나둘씩 사라진다.

왕자의 키스가 없어도 괜찮아

남자는 일방적으로 내 삶에 등장해 나를 구원해주는 힘이 아니다. 내가 들어와서 깨워도 된다고 허용할 때에 비로소 내 세계에 들어올 수 있는 힘이다. 그리고 가시를 다 떨어뜨려 가시덤불들을 스스로 치우고, 내 성 주변에 꽃과 나무를 키울 수 있게 되면, 사실 왕자가 와도 좋고, 오지 않아도 그 또한 괜찮아진다. 왕자의 키스 없이도 일어설 수 있으니까.

나는 이제 잠들기 전과 같은 존재가 아니다. 다만, 이제 받으려 하지 않고 줄 수 있는 것들이 넘치도록 있으니, 주지도 못하고 끝나는 것보다는 주어보고 나누어보고 싶어서 남자가 오는 게 좋겠다고 생각한다.

사랑은 받아서 완성되는 것이 아니라, 사랑할 때 완성된다. 그리고 한 발짝 더 나아갈 수도 있다. 그래서 나는 잠자는 숲속의 공주는 무기력하고 수동적으로 왕자가 와서 구원해주기를 기다리는 존재라고 보고 싶지 않다.

공주가 잠자는 성이 여성 내면의 풍경이라면, 성 주변의 가시덤불을 키우는 것은 결국 여성의 마음이다. 그 마음이 가시로 하늘을 향해 솟아오르지 않고 칭칭 무언가를 감아 오르고 싶지 않아질 때, 그렇게 가시덤불들이 하나씩 사그라질 때, 왕자가 올 수 있는 길이 깊은 숲속에 생기는 것이다. 결국, 여자가 길을 내주어야 왕자는 올 수 있다. 동화에서도 왕자는 보이지 않는 손에 이끌려 공주가 잠든 방으로 갔다. 이는 왕자가 사랑에 빠지기 전에 이미 여자가 사랑할 수 있는 준비가 되었음을 의미한다. 동화 「손 없는 소녀」에서는 여자가 손이 잘려 제대로 사랑하지 못한다고 했다. 그래서 「잠자는 숲속의 미녀」에 나오는 '손이 이끌었다'는 표현은 참으로 눈여겨볼 만하다. '손이 생긴' 여성이 사랑을 할 수 있는 여성이라는 게 분명하지 않은가.

공주가 깨어나면 온 공동체가 깨어난다. 이는 사랑이 두 사람만의 일이 아님을 의미한다. 크리스천 위먼은 사랑에 대해 이렇게 말했다. "진정한 사랑은 사랑 그 이상의 것을 하게 해주는 것"이라고. 삶이 오로지 '사랑밖엔 난 몰라'로 끝나는 것은 아쉽게 느껴진다. 삶을 이루는 것이 남녀 둘이 주고받는 사랑밖에 없던가.

'사랑은 둘이 서로 마주보는 것이 아니라 함께 같은 곳을 바라보는 것'이라는 생텍쥐페리의 말도 이 지점에서 참으로 와닿는다. 같은 곳을 바라보며 손잡고 같은 방향으로 걸어가는 것이 사랑하며 사는 삶이고, 바로 여기에 사랑의 가치가 잘 드러나 있다. 마주보는 사랑이라는 건, 우주에 둘밖에 없는 사랑을 말한다. 한 사람으로도 그득 차는 우주는 황홀하기는 하다. 그러나 그렇게 둘이 서로 마주보느라 어디에도 가지 않고 다른 일도 하지 못하면, 그 세계는 정지되고 성장은 정체된다. 나는 이런 것이 사랑인 줄 알았기에 사랑에 실패했던 것이 아니었던가. 깊고 어두운 잠을 떨치고 일어나 새로운 존재가 된 사람의 사랑은 이젠 달라져야 한다. 둘이 함께 손잡고 같은 방향으로 가는 것이 사랑이라는 말은, 사랑하기에 두 사람은 둘을 넘어서 이 세상에서 함께 해야 할 몫이 있다는 뜻이라고 본다.

사랑은 목적이 아닌 수단일 뿐이지만, 죽어서 우리 뒤에 남는 건 그래도 사랑뿐이다.

이집트 신화에서 사람은 죽은 후 명계의 신 오시리스 앞에 나아가고, 거기서 신은 영혼의 무게를 달아본다. 이 영혼의 무게가 충분해야 사후, 더 나은 우주로 갈 수 있다고 한다. 이

때 영혼의 무게는 우리가 살았을 때 사랑한 무게가 아닐까. 사랑받은 무게가 아니라 사랑한 무게로 영혼의 무게가 가늠되어 그다음에 어떤 우주로 갈 것인지 정해진다고 생각한다. 그다음 우주의 이름이 천국이든 지옥이든 극락이든 말이다.

잠자는 숲속의 미녀 | Sleeping Beauty

넌 엄마처럼 살지 마

"치유는 치유받고자 하는 사람에게만 일어난다."

오랫동안 염원하다가 아주 어렵사리 아기를 갖게 된 여인이 있었다. 여인은 옆집 마녀의 정원에서 자라는 라푼젤(초롱꽃)이 어찌나 먹고 싶은지 나날이 여위어갈 지경이었다. 남편은 보다 못해서 마녀의 집 담장을 몰래 넘어가서 라푼젤 한 움큼을 뽑아 왔다. 하지만 마녀에게 그만 들키고 말았고, 마녀는 노발대발하며 벌을 주겠노라고 했다.

남자가 임신한 아내가 먹지 못하면 죽을 것 같다고 해서 그랬노라고 사정하자, 마녀는 라푼젤을 먹고 싶은 만큼 가져가되, 아이를 낳으면 자신이 데려가 키우겠다는 조건을 달았다.

남자는 너무도 무서워서 그러겠노라고 답했다. 이윽고 아기가 태어나자 마녀가 찾아와 이름을 '라푼젤'이라고 짓고는 데려가 버렸다.

라푼젤은 살아 있는 아이 중 가장 아름다운 아이로 자랐다. 열두 살이 되자 마녀는 라푼젤을 숲속 깊은 곳의 탑에 가두었다. 이 탑에는 문도 계단도 없이 꼭대기에 창문만 하나 있었다. 마녀는 탑에 올라가고 싶으면 아래로 가서 외쳤다. "라푼젤아, 라푼젤아, 머리를 내려라." 그러면 라푼젤은 마치 금실로 짠 것 같은 탐스럽고 긴 머리를 땋아두었다가 창문 위 갈고리못에 감은 후 아래로 던져주었고, 마녀는 이 땋은 머리를 밧줄 삼아 타고 올라왔다.

몇 년이 지난 후 한 왕자가 숲속을 지나가다가 탑을 보게 되었다. 탑에서 아름다운 노랫소리가 들려왔다. 그 소리에 홀려 탑에 올라가 보려고 애썼으나 문도 계단도 없는지라 헛수고였다. 궁으로 돌아와 누워서도 노랫소리가 잊히지 않자 다시 탑 근처로 와서는 나무 아래에서 지켜보았다. 한참이 지났을까. 한 노파 하나가 탑 아래로 와서 외쳤다. "라푼젤아, 라푼젤아, 머리를 내려라." 그러면 땋은 머리가 내려오고 그걸 타고 올라가는 것이 아닌가.

왕자는 다음 날 어스름 무렵 다시 탑 아래로 가서 외쳤다. "라푼젤아, 라푼젤아, 머리를 내려라." 땋은 머리가 즉시 내려왔고 왕자는 이 머리를 타고 올라갔다. 라푼젤은 처음에는 겁에 질리고 놀랐으나, 점차 왕자에게 끌렸고 둘은 사랑에 빠졌다.

그러던 어느 날 라푼젤은 무심코 마녀에게 이런 말을 해버렸다.

“고델 부인, 대체 어떻게 하면 왕자님보다 이렇게 무거울 수가 있죠? 왕자님은 단숨에 올라오던데 말이죠.”

마녀는 격분해서 라푼젤의 머리채를 싹둑 자른 후 먼 황야로 쫓아내버렸다. 그리고 그날 저녁 라푼젤의 자른 머리채를 가지고 밤이 되기를 기다렸다. 왕자가 “라푼젤아, 라푼젤아, 머리를 내려라”라고 외치자 마녀는 라푼젤의 머리채를 내려주었다. 탑으로 올라온 왕자가 깜짝 놀라자, 마녀는 독설을 퍼부었다.

“네가 찾던 아름다운 새는 더 이상 창가에 앉아 노래하지 못해! 고양이가 채어가 버렸지. 그리고 네 눈도 뽑아가 버릴걸. 너는 다시는 라푼젤을 보지 못할 거야.”

왕자는 너무 상심해서 탑에서 그냥 뛰어내렸고, 목숨은 건졌으나 가시덤불에 눈을 찔려 그만 눈이 멀어버렸다. 그렇게 눈이 먼 채로 숲으로 황야로 떠돌기 시작했다.

몇 년을 그렇게 떠돌았을까. 어느 황야에 도달했을 때에 왕자의 귀에 라푼젤의 노랫소리가 들려왔다. 왕자의 아이, 남녀 쌍둥이를 낳아 홀로 힘들게 키우던 라푼젤은 왕자를 알아보았고, 그의 눈이 먼 것을 보고는 얼싸안고 눈물을 쏟았다. 그 눈물이 왕자의 눈에 들어가자, 왕자는 다시 앞을 볼 수 있게 된다. 왕자는 기뻐하며 라푼젤과 아이들을 이끌고 왕국으로 돌아가 행복하게 오래오래 살았다.

왜 꼭 탑에 갇혀 있을까

탑에 갇힌 아가씨라는 모티브는 서구의 민담과 신화 전반에 걸쳐 두루두루 나타난다. 용들은 납치한 아가씨들을 탑에 가두고, 그리스 신화에서 탑에 갇혀 있던 다나에는 황금 비로 변해 침입해 들어오는 제우스의 아이를 배고, 잠자는 숲속의 미녀는 오래된 탑의 꼭대기 방에서 물레바늘에 찔려 잠 속에 갇혀 있다가 풀려난다. 심지어 애니메이션 〈슈렉〉의 피오나 공주도 탑에 갇혀 있다.

정원이라는 모티브도 여자와 관련해 많이 쓰인다. '잠겨 있는 정원'의 '봉인된 샘sealed fountain'은 성경 아가(구약성경의 한 장)에 나오는 표현으로, 전통적으로 '처녀'를 나타내는 은유적 표현으로 쓰인다.

정원과 탑 모두 한 사람의 내면세계를 나타내는 상징이다. 오스카 와일드의 동화 「이기적인 거인」에서는 정원이 한 사람의 내면 풍경으로 그려진다. 그런데 유독 탑은 여성의 내면세계를 나타내는 데 쓰인다. 남성이 탑에 갇힌 경우는 민담이나 신화에 나오기보다는 실제 역사 속에서 영국 런던탑에 갇혔던 왕자들과 프랑스의 철가면 정도가 있는 것 같다.

반면 이야기 속에서 탑에 갇히는 건 항상 여자이다. 그래서 탑에 갇힌 라푼젤은 순결 등의 이유로 세상과 거리를 두라는 압박 때문에 세상과 절연된 여성 내면세계를 나타낸다고 볼 수 있다.

고델 부인은 왜 마녀가 되었을까

「라푼젤」에는 평행을 이루는 두 가지 침입이 일어난다. 하나는 마녀의 담을 넘어 들어가는 침입, 또 하나는 라푼젤의 탑에 올라 들어가는 침입이다. 남자의 침입에 분노하며 독설을 퍼붓고 저주하는 늙은 고델 부인과 아직 순수하고 무구하게 탑에 온전히 갇힌 라푼젤을 나란히 견주어 보게 된다.

그런데 늙은 고델 부인을 단순히 이 모든 사건의 가해자로 볼 수 있을까? 고델 부인은 왜 마녀가 되었을까, 왜 자기 정원에 아무도 들어오지 못하게 높은 담을 둘렀을까? 왜 남자의 침입에 불같이 화를 낼까? 답은 단순하지 않다. 한 여성의 뒤틀린 삶이 다른 세대의 여성에게 대물림되는 순환의 고리가 보이기 때문이다.

남자를 믿으면 안 되고, 남자와 사랑에 빠지면 안 된다고 역설하는 늙은 고델 부인이 젊어서는 남자에게 잔뜩 상처받은 또 다른 라푼젤이며, 라푼젤이 남자에게 버림받고 늙으면 자신처럼 될 거라는 생각이 들기 때문이다.

"넌 나처럼 살지 마라" 혹은 "난 엄마처럼 살지 않겠어"라는 말을 하는 엄마의 딸로 살지만, 우리 삶에 고델 부인과 라푼젤의 모습이 한 조각씩 다 존재하며, 이 조각들이 맞물려 순환하며 이어지는 것을 보면 슬퍼지기도 한다.

평생 자신을 내세우지 못하면서 남자의 집안에 희생하고 봉사하다가 늙어버린 엄마의 체념, 분노, 슬픔 등이 딸들을 '나처럼 살지 말라'며 세상으로 밀어내는 힘이 되기도 한다. 하지만 그 힘은 동시에 남자에 대한 알 수 없는 분노로 바뀌어 높고 외진 탑에 스스로를 가둬버리기도 한다.

한 여성 속 고델 부인과 라푼젤

고델 부인은 여성 속에 내면화된 사회문화적 가치, 그것도 역전되고 전복되고 뒤틀린 가치라고 할 수 있다. 사실 압제가 많으면 어떤 가치가 내면에 온전하게 자리잡기보다는 배배 꼬이고 뒤틀어져서 자리잡게 된다.

마치 고기를 먹지 않을 수 없는 육식동물에게 채식만 하라는 금기를 거는 것과 같다. 채식동물에게 '풀을 먹어라' 하는 것은 금기도 압제도 강제도 아니므로 '풀 먹기'라는 가치는 그냥 순순히 수용된다. 하지만 고기를 먹지 않고는 살 수 없는 본성을 타고 태어난 존재에게 '풀만 먹어라' 하는 금기를 내걸면 뒤틀어져 꼬인다.

사회에서 가르치는 대로 순순히 받아들이며 별 고민 없이 사는 여자들도 있다. 하지만 어떤 여자들은, 아니 많은 여자는 삶의 에너지가 넘쳐서 '한 자리에만 있어라' 혹은 '무언가를 하지 마라' 등의 금기에 자신을 억누르다 보면 속이 뒤틀린다.

그 뒤틀린 힘이 동화 속 마녀이고 계모이다. '그렇게 행동하면 벌 받지' '그렇게 행동하면 큰일 나지' 하고 위협하며 겁박하는 내면화된 목소리라고 할 수 있다. 가부장적 가치관을 받아들이되, 싫은 것을 억지로 받아들여 배배 꼬이면, 순결이 중요하고 지켜야 한다면서 문도 계단도 없는 탑에 가두는 작태가 벌어진다. 어쩌면 자신의 본성을 알기에 무의식적으로 그러는 것일 수도 있다. 내면에 도사린 에너지가 너무 크다는 것을 알면 스스로가 아주 꽁꽁 싸서 가두려고 들 수 있으니까. 그러니까 라푼젤은 내면화된 여성 순결의 가치에 갇혀서 세상 구경 한 번 못 하는 뒤틀린 여성의 반영이라 하겠다.

탑에서 세상으로 나간다는 것

머리카락을 잘리는 일이 세상으로 나가는 첫걸음이다. 왕자는 계기일 뿐이다. 머리카락을 자르는 행위는 어머니 역할을 하는 존재mothering figure로부터의 분리, 거세 등을 상징한다. 라푼젤의 경우는 어머니 역할을 하는 존재와의 분리를 통해 심리적인 독립을 향해 나아가는 행위라고 보면 된다. 성경에 나오는 삼손을 보면 머리카락을 잘리는 일이 '거세'에 해당하는 것을 알 수 있다. 하지만, 이게 비단 남자에게만 해당하는 것은 아니다.

여자의 신체 이미지에서 가장 남성적인 부분은 머리카락이다. 머리카락이 남근을 상징한다는 사람들도 있다. 그리스 신화의 메두사는 흔히 남근을 상징하는 뱀을 아예 머리에 붙이고 있는데, 이를 보면 여성의 머리카락이 최소한 '욕망의 상징'임을 알 수 있다. 그래서 머리카락을 자르는 일은 욕망을 잘라버리는 일이고 '거세당한다'라는 범주에 속한다. 몇몇 종교에서 수도자로 입문을 할 때 머리카락을 잘라버리는 이유가 바로 이것이다.

라푼젤 역시 남자를 원하는 그 마음을 잘라버리겠다는 처벌로서 보면 이 해석이 맞기도 하다. 하지만 그보다는 배배 틀어지고 꼬인 내면의 어머니 초자아로부터의 심리적인 독립을 향해 나아가는 첫걸음이 머리카락을 자르는 일이다. 그러니까 어머니와 이어져 있던 심리적인 탯줄을 끊는 행위로 보는 것이 훨씬 적절하다.

눈먼 남자가 나를 알아보기까지

이성과의 사랑 앞에 서면 비로소 독립된 개체로 시험을 받는 때가 된다. 부모의 영향에서 벗어나 독립된 성인 남녀로 서로 마주하게 된다.

문제는 독립이 한순간에 얻어지는 것이 아니며, 사랑 역시 한순간에 이루어지는 것이 아니라는 점이다. 미처 다 크지 못하고 심리적으로 독립적이지 않은 사람들끼리 얼마든지 사랑에 빠질 수는 있으나, 그 사랑이 아름답게 완성되고 결실을 보는 것은 별개의 문제이다. 그래서 한 사람이 독립하는 데에는 황야를 헤매는 오랜 시간이 필요하다. 그러나 가슴 아픈 지점은 황야를 헤매는 여자를 찾는 남자는 눈이 멀었다는 점이다. 눈이 멀었다는 것은 사람 속의 참사람을 볼 줄 모른다는 뜻이다.

세상의 숱한 얄팍한 인연들이 그런 것처럼, 겉으로 드러난 모습, 외모만을 보고 다가온다는 것은 그 이상의 깊은 교감을 원하는 여자에게 얼마나 슬픈 일이겠는가. 그래서 둘은 오랫동안 만나지 못한다. 남자가 왕자의 자리에서 내려와 눈이 먼 상태로 세상을 방황하며 돌아다닌 후에야 비로소 제대로 눈뜰 준비가 된다. 여자는 황야에서 남자의 아이들을 홀로 키우며 근근이 버틴다. 변방으로 밀려난 삶의 신산함을 알알이 겪으며 아이들로 상징되는 삶의 짐을 짊어진 채로 말이다. 그렇게 사람은 심리적으로 독립하는 과정을 겪는다.

영어에는 'Time-tested love'라는 표현이 있다. 시간의 시험을 거친 사랑이 진정한 사랑이라는 뜻이다. 많은 사랑이 이 시험을 받아서 시들어 퇴색한다. 사랑이 시작될 때에는 '빠지는fall' 것, 즉 추락하는 것으로 시작한다는 것이 참으로 흥미롭다. 이 주체하지 못하는 감정으로 끌려가는 두 사람을 건져 올려 함께 상승하는 것은 시간의 시험을 거쳐야 가능하다.

황야를 노래로 채운다

황야는 비어 있는 공간이다. 어쩌면 처절하게 자신과 만나는 공간이기도 하다. 오롯이 자신의 삶과 마주하고 텅 비어 있는 어둠의 바닥에서 자신을 건져올릴 힘을 기르면, 능히 황야를 그득 채우는 노래를 할 수 있다. 어린 시절 높이 솟은 탑에서 홀로 부르던 노래가 시선을 끌기 위한 노래였다면, 이젠 들어주는 이가 아무도 없어도 부를 수 있는 노래가 된다. 그리고 눈이 멀어 세상을 헤매던 남자의 귀는 드디어 이 노래를 듣는다. 높은 곳에서 쉽게 퍼지던 그 운율이 아니라, 음향을 반사해 퍼뜨릴 것 하나 없는 평지에서 나지막하게 홀로 부르는 노래를 드디어 듣는다. 사람을 알아볼 줄 알게 된 것이다. 그런 운율을 들을 마음을 입었을 때, 노래하는 그녀를 만나 드디어 시력을 되찾고 왕자의 지위를 회복한다.

중심으로 돌아간다

흔히 라푼젤의 눈물로 남자가 눈을 뜨는 것이 기적이라고들 하지만, 운 것은 여자만이 아닐 것이다. 이제 드디어 세상 끝까지 헤맨 끝에 내면의 눈이 생겨 참사랑을 알아보고 찾는 순간, 남자도 눈물을 흘렸을 것이다. 기적은 두 눈물이 섞였을 때 일어난 것이라 믿는다.

치유는 치유받고자 하는 사람에게만 일어난다. 존귀한 왕자라는 신분을 되찾는 것은 내면의 자존감을 다시 찾는 것을 뜻한다. 내면세계에서 홀로 설 수 있는 사람은 누구든 다 왕자이고 공주이니 말이다. 그득한 자존감으로 내면이 회복될 때에 사람은 비로소 사랑 안에서 흔들림 없이 상대를 붙잡고 새로운 세계, '너와 내'가 아니라 '우리'로 살아가는 세계를 열 수 있다. 그렇게 'happily-ever-after(오래오래 행복하게 살았답니다)'의 세계가 열린다.

빛나는 황금 머리 타래를 모두 잃은 후, 세상의 변방인 황야로 쫓겨난 세월을 모두 견디고는 다시 서서히 자라난 황금 머리카락과 함께 세상의 중심으로 귀환한다. 어려운 시험을 거쳐 이룬 사랑은 결국 모든 것을 중심으로 돌려보내주는 힘이 된다. 그리고 많은 동화가 '오래오래 행복하게 살았답니다'로 끝나는 이유는 사랑이 모든 것을 중심으로 되돌리는 힘이라는 것을 보여주기 위해서이다. 그렇게 라푼젤은 힘들게 완성한 사랑의 힘을 통해 황금으로 빛나는 자존감의 중심으로 돌아간다.

사랑을 찾으러
세계의 끝까지 가본 적 있는가

"사랑이 삶에서 중요한 이유는 한 사람의 됨됨이를 휘저어 다시 담금질하는 강렬한 시험이기 때문이다."

한 가난한 농부에게 자식들이 많았다. 그중 막내딸이 가장 예쁘고 고왔다. 어느 날 창문을 두드리는 소리에 나가보니 흰 곰 한 마리가 농부에게 막내딸을 달라고 했다. 그 대가로 부자로 만들어주겠다고 했다. 막내딸은 내키지 않았지만, 부모와 형제자매들이 굶주리지 않고 살기를 원해서 가겠다고 한다.

흰 곰은 아가씨를 산속 마법의 성으로 데려간다. 그리고 은종을 하나 주며 원하는 것을 말하면 무엇이든 준비될 거라고 했다. 이윽고 저녁이 되어 침대에 몸을 눕히고 불을 끄자, 한 남자가 들어와 옆에 누웠다. 트롤인 계모의 마법에 걸려 낮에는 흰 곰, 밤에는 사람의 모습을 하고 살아가는 왕자였다. 여자는 밤에 남자의 얼굴을 전혀 볼 수 없다는 것 외에 모든 것이 안락했다.

마법의 성에서 안락한 나날이 계속되자 여자는 이내 심심해졌고, 부모와 형제자매를 보러 집에 다녀오고 싶다고 졸랐다. 흰 곰은 절대 어머니와 단둘이 이야기하지 말라는 조건을 달고는 부탁을 들어주었다. 여자는 집으로 돌아와 즐거운 시간을 보냈지만, 어머니의 회유를 이기지 못하고 흰 곰과의 생활을 털어놓았다. 어머니는 밤에 침대에 들어오는 것은 트롤일 거라며, 양초를 주며 밤에 몰래 불을 밝혀 옆에 누운 남자의 얼굴을 확인하라고 했다.

마법의 성으로 돌아온 여자는 밤이 되자 초에 불을 밝혀서 잠든 남자의 얼굴을 확인했다. 그런데 흉악한 괴물은커녕 아주 잘생긴 왕자였다. 여자는 수려한 용모에 정신이 팔려서 더 가까이 들여다보다가 그만 촛농을 왕자에게 떨어뜨렸다. 잠에서 깬 왕자는 화를 냈다. 사악한 계모의 마법에 걸려 여자와 일 년을 살면 그 후에는 마법이 풀려 자유의 몸이 되었을 텐데, 이제 계모의 딸인 트롤 공주와 결혼해야 한다고 통탄했다. 여자는 잘못했노라 매달렸지만, 왕자는 '계모의 성은 태양의 동쪽, 달의 서쪽에 있다'는 말만 남기고 사라져버렸다.

여자는 잃어버린 왕자를 찾는 여정에 올랐다. 정처 없이 떠

돌다 어느 높은 산에서 한 노파가 황금 사과를 가지고 놀고 있는 것을 보았다.

"태양의 동쪽, 달의 서쪽에 있는 성에 가는 길을 아나요?"

노파는 자신은 모르니 다른 노파에게 물어보라며 타고 갈 말과 황금 사과를 내어주었다. 그런데 두 번째 노파 역시 성의 위치를 알지 못했고, 세 번째 노파에게 보내며 말과 황금 물레빗을 주었다. 하지만 세 번째 노파도 알지 못했고, 동쪽 바람이 알고 있을 거라며 말과 황금 물레를 주었다.

여자는 멀고 험한 길을 말을 타고 가서 마침내 동쪽 바람을 만났다. 하지만 동쪽 바람은 자신의 형제인 서쪽 바람이 알 거라며 여자를 등에 태우고 서쪽으로 날아갔다. 하지만 서쪽 바람도 알지 못한다며 여자를 남쪽 바람에게 데려다주었다. 남쪽 바람 역시 몰랐다. 그러고는 북쪽 바람이 가장 힘이 세어 가장 멀리까지 가보았을 거라며 데려다주었다.

사납게 소용돌이치는 북쪽 바람은 딱 한 번 버드나무 잎사귀 하나를 거기까지 날려본 적이 있다면서 머나먼 바닷가 성까지 여자를 태워다주었다.

마침내 여자는 태양의 동쪽, 달의 서쪽에 있는 성에 도착했다. 성의 창문 아래에 앉아 황금 사과를 만지작거렸더니 트롤 공주가 보고 탐을 냈다.

"뭘 주면 그 황금 사과를 나한테 줄래?"

"이건 돈 받고 팔지 않아요."

"그럼 원하는 게 뭔데?"

"오늘 밤을 이 성의 왕자님 옆에서 보내게 해주면 이 황금 사과를 드릴게요."

황금 사과가 너무도 탐난 공주는 그러겠다고 했다. 하지만 그날 밤 계모는 왕자가 잠자기 전에 항상 마시는 차에 수면제를 탔다. 여자는 왕자를 깨우려고 애썼지만 소용없자, 그 옆에서 처량하게 울다가 그냥 나올 수밖에 없었다. 다음 날 여자는 황금 물레빗을 주는 대가로 하룻밤을 왕자 옆에서 보내게 되었다. 하지만 여전히 왕자는 깊이 잠들어 깨어나지 않았다.

세 번째 날에는 황금 물레를 주는 대가로 왕자 옆에서 하룻밤을 보낼 수 있었다. 하지만 이번에는 왕자가 차를 마시는 척만 하고 버려버렸다. 하인과 하녀들이 이틀 밤 연속으로 그의 방에서 여자 우는 소리가 들렸다고 귀뜸을 해주었기 때문이다. 자는 척하던 왕자는 여자가 들어오자 말했다.

"아슬아슬하게 도착했군요. 내일이 공주와의 결혼식이에요. 하지만 나는 그 공주와 결혼하지 않을 거예요. 당신만이 내 마법을 풀어줄 수 있는 유일한 여자니까. 내일 결혼 전에 당신이 촛농을 떨어뜨렸던 셔츠의 얼룩을 지울 수 있는 여자와 결혼하겠노라 선언하겠소. 저들은 이 촛농 얼룩을 지우지 못할 거요. 당신이 빨아서 지우고 나와 결혼해주시오."

여자와 왕자는 그날 밤을 기쁨 속에 보냈다.

다음 날 결혼식이 시작되기 전 왕자가 말했다.

"결혼에 앞서 신부가 제게 맞는 사람인지 알아보아야겠습니다. 결혼식 예복으로 입을 이 셔츠에 묻은 얼룩을 빨아서 지울 수 있는 여자만이 제 신붓감입니다."

계모와 공주는 대수롭지 않은 요청이라 생각하고 동의했다. 트롤 공주는 셔츠를 빨기 시작했지만, 얼룩은 지워지지 않고 오히려 더 커졌다. 보다 못한 계모가 나섰지만 얼룩이 더 심해져서 시커멓게 변했다. 하인과 하녀들도 나섰지만 마찬가지였다.

"모두 얼룩을 지우지 못하는군요. 그렇다면 성 밖에 앉은 저 거지 여인은 어떨까요?" 여자가 성 안으로 들어와 셔츠를 빨자 눈처럼 하얗게 변했다. 이를 보고 왕자가 "이 여자가 내 신붓감이군요" 하고 선언했다. 그러자 계모와 공주는 화를 참지 못하고 그 자리에서 터져 죽어버렸다. 여자와 왕자는 그 성의 황금과 보물을 가지고 태양의 동쪽, 달의 서쪽에 있는 성에서 멀리 멀리 떠나 행복하게 살았다.

사랑이라는 기만

여자는 대체로 관계 지향적이다. 그래서인가 사랑하는 사람을 찾아 그 옆에서 안착하는 것이 삶의 목표인 여자가 많다. 나에게 '삶의 목표가 무엇이냐'고 묻는다면 사랑이라고 대답할지도 모른다. 아마 더 정확하게 대답하자면 사랑을 통해 내가 완성되는 것이라고 대답할 수 있겠다.

그러나 절대 사랑의 여정은 홀연히 나타난 왕자에게 픽업되어 행복하게 사는 것이 아니다. 그 여정은 그렇게 쉽지 않다. 무엇보다도 어린 시절에는 설사 왕자가 나타난다고 한들 그의 본질을 꿰뚫어 볼 눈이 없다. 그래서 남자는 이 동화에서 사람이 아닌 흰 곰으로 여자에게 온다(또는 여성의 삶의 원형을 잘 보여주는 동화인 「노르웨이의 황소」에서는 검은 황소로 온다).

여자가 어린 시절에는 아직 흰 곰이란 거죽 아래에 있는 남자의 본래 정체성을 볼 눈이 없다. 그래서 홀연히 나타난 상대에게 수동적으로 이끌려가 밤의 장막 안에서 꾸린 사랑은 쉽게 몰락한다. 그래서 흰 곰이 데려간 성이 마법에 걸린 성인 것이다.

마법에 걸린 상태는 영어로 'enchanted'된 상태이다. 그러니까 주문 혹은 주술chant 안에 들어가 있는 상태이다. 어리고 미숙한 여자에게 남자의 본질은 밤의 장막에 덮인 듯 아득하게 느껴질 뿐이다. 그러나 여자가 터부를 깨고 약속을 깨뜨리자 마법은 깨지고 성 역시 사라진다. 주술에서 깨어난 상태는 'disenchantment'라고 하는데, 이 단어는 흔히 '환멸'이라고 번역한다. 즉, 마법에 걸려 세상이 모두 아름답게 보이는 때가 사랑이라는 마법에 빠진 상태라면, 그러한 사랑에서 깨어나 홀로 덩그러니 남겨진 상태는 바로 '환멸'의 상태가 되는 것이다.

로맨스라는 마법은 그렇게 쉽사리 잘 깨어지는바, 문득 내동댕이쳐지듯이 꿈에서 깨어나 사랑을 잃고 혼자 남은 자신과 현실에서 마주하게 된다. 사랑에서 깨어난 환멸의 맛은 개흙 내음 잔뜩 배인 이끼에 얼굴을 박은 것 같아서 사랑 마법의 달콤한 착각을 무색하게 만든다.

세 가지 선물과 네 방위의 바람

여자는 왕자를 찾는 여정에서 늙은 세 여인으로부터 세 가지 선물을 받는다. 황금 사과gold apple, 황금 물레빗gold carding comb, 그리고 황금 물레gold spinning wheel는 각각 여자가 과거, 현재, 미래라는 시간의 여정에서 얻는 것이다.

사과는 시간과 더불어 맺혀 열리는 열매이다. 과거부터 지금까지 자신이 가꾸어 맺은 내면의 자질들은 황금 사과가 되어 여자의 삶에 귀한 선물이 된다. 물레빗은 물레질을 하며 실을 지을 때에 실이 엉키지 않도록 고르는 것이다. 위대하고 영웅적인 행위가 극적으로 벌어져 얻는 선물이 아니며, 한 올 한 올 소소한 일상을 견디는 정성스러움으로 내면에 일구는 선물이다.

또 황금 물레는 미래를 나타낸다. 원래 운명의 세 여신은 물레질을 해서 사람의 운명을 좌지우지한다. 혼자가 된 여자에게 주어진 물레는 과거와 현재에 얻은 선물을 통해 미래의 운명을 바꿀 수 있는 내면의 힘을 얻는 거라 볼 수 있다. 늙은 여인은 항상 여자의 내면 속 오래된 지혜를 상징한다. 이들에게 선물을 받는 것은 과거-현재-미래의 시간을 거치며 시련을 겪은 여자가 내면의 힘을 얻는 과정을 그리고 있다.

여자는 선물을 얻은 후 동서남북, 네 방위로 부는 바람을 타고 온 세계를 방랑한다. 태양의 동쪽, 달의 서쪽은 온 세계를 다 뒤져서 간신히 도착할까 말까 한 곳이다. 가장 거칠고 센 북쪽 바람이 간신히 나뭇잎을 한 번 불어보낸 적 있을 정도로 아스라한 곳이기도 하다.

사람은 모두 자기 우주의 중심이다. 이 여자를 우주의 중심으로 놓고 머릿속으로 그려본다면, 동서남북 네 방위의 바람이 수평으로 불어 뻗어 나가는 세상, 그리고 과거-현재-미래라는 시간이 축적되어 만드는 수직의 축이 그녀의 우주를 그려낸다. 팽창하며 회전하는 한 여자의 우주가 그렇게 이 동화의 여정 속에 담겨 있다.

여자는 여정에서 여기저기를 헤매다가 간신히 아스라이 먼 곳에 도달해서 왕자를 만난다. 여자가 몽매하거나 고집스러웠던 자아의 경계를 접어서 수그릴 수 있을 때, 드디어 타인을 자신의 우주에 들여놓는 접점이 생긴다는 의미이다. 자신의 에고밖에 주장할 줄 몰랐고, 사랑조차 자신이 만들어낸 환상을 사랑하던 미성숙했던 우주는 그렇게 자신의 우주 변방에서 에고를 굽혀 수그릴 때에 타인의 우주와 만날 수 있다.

잠든 왕자 깨우기

트롤인 계모와 공주는 여자 세계 속의 부정적인 힘들이다. 낮은 자존감, 자기 비하, 질투, 의심 등 부정적인 내면의 사금파리들이 누구든 그 속에 있다.

사랑이라는 에너지가 내면을 휘저으면 그 깊숙이 가라앉아 있던 사금파리들이 떠올라 다시 여자를 찌른다. 사랑이 삶에서 중요한 이유는 한 사람의 됨됨이를 휘저어 다시 담금질하는 강렬한 시험이기 때문이다.

사금파리가 날카롭지 않은 사람들도, 몇 개 안 되는 사람들도 있겠지만, 사랑 앞에 흔들리면 내면의 부정적인 힘들이 또다시 올라온다. 어릴 적에는 미숙하여 이 시험에서 실패했지만, 실패와 상실, 시련의 과정을 거친 여자에게는 이제 황금빛으로 무르익은 내면의 힘들이 있다. 그래서 여자는 이 내면의 힘들을 한 번씩 써가며 왕자에게 다시 다가간다.

이제 로맨스라는 환상으로 남자의 본질을 보지 못했던 어리숙했던 여자는 고된 삶의 여정을 통해 얻은 내면의 힘으로 참신부가 된다. 그리고 자신이 만들었던 얼룩을 하얗게 빨아낸다. 빨래는 화학적인 변화이다. 이제 이전과 다른 사람이 되었음을 보여주는 상징이라 하겠다. 자신을 치유하는 힘을 얻어 새롭게 거듭났을 때 내면의 부정적인 힘들을 상징하던 트롤 계모와 공주는 터져서 죽는다.

태양의 동쪽과 달의 서쪽으로 떠나는 여정

현실에서는 아마 진정한 영혼의 짝을 못 만날지도 모른다. 과거–현재–미래를 아우르고 동서남북 세상을 샅샅이 훑어서 내면에 황금빛 자질들을 일구어낸다고 해도, 정작 영혼의 짝을 못 만날 수도 있다. 하지만 여정의 신비는 따로 있다.

성배Holy Grail를 찾아 멀고 고된 순례의 길을 떠난다고 치자. 기독교 문명권인 서구에서 순례 여행은 자아를 완성시켜주는 기적을 찾는 여정이며, 이를 위해 시련의 길을 걷는다. 하지만 대부분 성배 앞에 도달해서 뒤돌아보면 멀고 긴 길을 걷느라 바로 자신이 신께 공양되는 잔이 되었음을 알게 되는 그런 신비랄까. 그래서 여정 끝에 왕자를 만나지 못해도 괜찮다. 왕자와의 결합으로 상징되는 여성의 자아 완성은 왕자를 찾는 여정 중에

서서히 이루어지니까.

그래서 가끔 꿈을 꾼다. 태양의 동쪽 바람의 서쪽에 있는, 그러니까 아무데도 없는 왕자를 찾느라 나는 서쪽 바람을 타고 세상을 언제까지고 날고 있다. 목적지에 도달하지 않아도 된다는 것을 알아버리면, 바람을 타고 나는 순간을 즐기게 된다. 고되더라도 삶이라는 여정에 빙긋 웃음을 지어보일 수 있는 황금빛 지혜는 그렇게 내 속에서 영근다.

태양의 동쪽, 달의 서쪽 | East of the Sun, West of the Moon

두 개의 구멍 중 하나

"사랑받기 위해 저렇게 절실해야 하는 것이 여자의 본질일까 하는 의문이 나를 괴롭혔다. 사랑 때문에 상대가 원하는 모습을 꾸며 보여주면서 스스로 갇혀서 아파하는 건 아니고?"

먼 바다 아주 깊은 곳, 바다의 왕과 그 백성들이 살았다. 바다의 왕에게는 여섯 공주가 있었다. 하나같이 아름다웠지만 그중에서도 막내가 가장 아름다웠다.

막내는 육지 세계의 이야기를 듣는 것을 좋아해서 매일 할머니한테 졸랐다.

"열다섯 살이 되면 수면으로 나가 달빛 아래에서 커다란 배들이 지나가는 것과 멀리 숲과 마을들을 볼 수 있을 거야."

할머니는 이렇게 인어공주를 달랬다.

마침내 막내 공주가 열다섯이 되어 수면 위로 올라온 날, 어스름 속에 큰 배 한 척이 천천히 다가왔다. 선상에서는 왕자의 생일파티가 열리고 있었다. 인어공주는 뱃전에 매달려 왕자의 잘생긴 얼굴을 넋을 놓고 바라보았다.

밤이 깊어 선상 파티가 끝나고 조용해졌을 때, 파도가 높아지며 거칠어지기 시작했다. 무시무시한 폭풍이 다가오고 있었다. 집채만한 파도가 솟아올라 배를 집어삼켰고, 마침내 배가 두 동강 나버렸다. 배에 탔던 사람들과 왕자는 바다에 빠졌고, 인어공주는 깊은 물속으로 가라앉는 왕자를 구했다. 아침이 되어 멀리 육지가 보이자 해변으로 데려가 눕혀놓고는, 어떤 아가씨가 근처 바위틈에 숨어 왕자를 발견하는 것을 보고는 씁쓸하게 몸을 돌이켜 바닷속으로 돌아왔다.

이윽고 숱한 낮과 밤이 지났다. 그 해변으로 몇 번이고 가보았지만 왕자를 다시 볼 수 없었다. 인어공주가 시름시름 앓자 언니들은 다른 인어들에게 물어서 마침내 그 왕자가 사는 성을 알아냈다.

이제 인어공주는 왕자의 성 근처 바다를 헤맸다. 바다에서 이어진 하구를 따라 성의 발코니 바로 아래까지도 가보았고, 행여나 모습을 흘깃 보거나 왕자 이야기를 듣는 것만으로도 가슴이 뛰었다. 사람들에 대해서 알고 싶은 것도 더 많아졌다. 그래서 할머니에게 갔다.

"사람들은 물에 빠져 죽지 않으면 우리와는 달리 영원히 사

는 건가요?"

"아니, 죽는단다. 우리는 삼백 년도 족히 살지만 불멸의 영혼이 없어서 죽으면 바다 위로 떠올라서 거품이 되어 사라진단다. 하지만 인간은 수명은 짧지만 영혼이 불멸이라서 죽으면 하늘의 반짝이는 별들 사이로 날아 올라가지."

"그래서 우리는 죽으면 바다의 거품이 되어 사라지는 건가요? 어떻게 하면 불멸의 영혼을 얻을 수 있죠?"

"인간 남자의 사랑을 받으면 되지. 남자가 널 자기 아버지와 어머니보다 더 사랑하면 돼. 온 마음을 다해 사제 앞에서 네 손을 잡고 지금부터 영원까지 너를 진실하게 사랑하겠노라 맹세하면 그 영혼의 일부가 네게로 스며든단다. 그러면 넌 불멸의 영혼을 갖게 되고 남자는 자기 영혼을 간직하게 되지."

할머니는 인어공주를 달래주려고 화려한 무도회를 열었다. 하지만 인어공주는 무도회장을 빠져나와 먼 바닷속 마녀의 집으로 향했다.

"네가 뭘 원하는지 알지! 멍청한 것 같으니. 사람 다리를 갖겠다고? 이 약을 가지고 해변으로 가서 해뜨기 전에 마시면, 해가 뜰 때에 물고기 꼬리는 사라지고 사람 다리가 생기게 될 거야. 걸을 때마다 칼로 찌르듯 아플 테지만, 사람들은 널 보고 지상에서 가장 예쁜 아가씨라고 할 테지. 그리고 물속을 유영하던 몸짓도 그대로 남아서 어떤 무희도 너처럼 가볍게 춤출 수 없을 거야. 하지만 춤추는 걸음 하나하나마다 칼로 찌르듯 아플 테지. 그걸 다 감수할 수 있다면 내가 도와주마."

"감수할게요."

인어공주가 떨리는 목소리로 말했다.

"바닷속에서 가장 곱다는 네 목소리를 내게 주어야 해도?"

"목소리가 없으면 내게 무엇이 남나요?"

"아름다운 몸과 걸음걸이 그리고 호소하는 눈이 있지. 그걸로도 남자의 마음을 사로잡을 수 있을 거야. 자, 이제 용기가 사라졌니? 아니면 혀를 내밀렴. 잘라서 약값으로 받아야겠어."

그렇게 인어공주는 마녀에게 마법의 약을 받아서 해변으로 가 마셨고, 다음 날 아침 인간의 다리를 가지고 깨어났다. 왕자에게 발견되어서 궁으로 인도된 인어공주는 누구냐는 질문에 대답할 수가 없어서 그 아름다운 푸른 눈으로 슬프게 고개를 저어야만 했다. 하지만 그 우아한 자태와 형용할 수 없이 아름다운 춤으로 모든 이의 마음을 이내 사로잡았다. 왕자는 인어공주를 예뻐하며 아름다운 옷을 입히고 자기 옆에 늘 두었다.

왕자는 인어공주의 눈을 보며 말했다. "넌 꼭 나를 바다에서 구해준 아가씨를 닮았구나. 내가 이 세상에서 사랑할 수 있는 여자는 그 아가씨뿐이야. 부모님들은 이웃나라의 공주와 결혼하라고 하는데, 그 공주와 결혼하느니 차라리 이토록 어여쁜

너와 결혼을 하고 말지."

그렇게 말하며 왕자는 인어공주를 데리고 부모님에게 떠밀려 이웃나라 왕을 방문하러 갔다. 그러나 그 이웃나라의 공주는 바로 해변에 쓰러진 왕자를 발견해 치료해준 아가씨였고, 왕자는 단번에 그녀와 결혼하겠다고 선언한다. 순식간에 이 둘의 결혼이 성사되고 결혼식 후 피로연이 으리으리한 배에서 벌어졌다.

인어공주는 다음 날 아침에 해가 뜨면 바다의 물거품으로 변하리라는 것을 알고 밤이 깊도록 어느 때보다도 아름답게 춤을 추었다. 연회가 끝나고 왕자와 공주가 신방을 치를 장막 안으로 들어가자 인어공주는 뱃전에 나와 앉았다.

그때 인어 언니들이 파도 속에서 슬픈 얼굴로 헤엄쳐 왔다. 언니들의 치렁치렁한 머리카락이 온데간데 없었다.

"널 구하려고 우리 머리카락을 마녀에게 주었단다. 이 단도로 왕자의 가슴을 찔러 그 피로 네 발을 적셔. 그러면 넌 다시 물고기 꼬리를 얻어서 바닷속 집으로 돌아올 수 있을 거야. 동이 트려면 얼마 남지 않았어. 서둘러!"

언니들이 인어공주의 손에 단도를 쥐어 주었다. 인어공주는 왕자와 공주가 잠들어 있는 장막 안으로 숨어들었다. 단도를 쥐고 왕자 옆으로 다가가 잠든 왕자를 바라보자 공주는 가슴이 찢어지는 것 같았다. 결국, 인어공주는 단도를 파도 속으로 던져버리고 왕자의 이마에 마지막으로 키스를 한 후, 동이 틀 무렵 바닷속으로 몸을 던졌다.

해가 떠오르며 황금빛 햇살이 파도 위로 부서졌다. 인어공주는 자신이 물거품이 되어서 녹고 있다고 생각했다. 하지만 맑고 밝은 목소리의 공기 요정들에 둘러싸여 하늘을 날고 있었다.

"제가 어디에 있는 건가요?"

인어공주가 묻자, 공기의 요정들이 대답했다.

"넌 우리와 같은 공기의 딸이 되었어. 네 진실된 사랑에 대한 보답이야. 불멸의 영혼은 되지 못했지만, 공기의 요정으로 삼백 년을 살며 햇빛과 바람을 실어 날라 사람들을 도우면 우리는 불멸의 영혼을 얻어 하늘의 반짝이는 별들 사이로 올라갈 수 있단다."

이 말에 이제는 눈에 보이지 않는 공기의 요정이 된 인어공주는 기쁨으로 가득 찬 눈을 들어 하늘을 바라보았다. 그리고 마지막으로 뱃전에 나와 자신을 찾는 왕자와 공주의 이마에 맑은 바람을 불어주고는 다른 공기의 요정들과 함께 하늘로 날아올라갔다.

나를 환원시키지 말아줘

사실 인어공주 이야기는 사람이 두 개의 구멍으로 환원되는 이야기이다. 여자의 신체에 있는 두 개의 구멍, 즉 입과 아랫도리의 구멍. 이 두 개의 구멍을 두고 어찌하지를 못해 길들이고 지배하려는 남자들의 권력이 개입되면, 슬픈 인어공주들이 태어나 의미 없는 물거품으로 사라져간다.

인어공주가 혀를 내주고 얻은 것이 과연 다리뿐이라고 생각하나? 아니, 인간 남자의 배필이 되기 위해서는 다리 사이의 구멍이 필요하다. 그걸 인어공주는 목소리를 내어주고, 그러니까 위쪽의 구멍을 틀어막아 얻는다.

가부장 사회는 여자가 두 개의 구멍을 다 가지고 사는 것을 허락하지 않는다. 말을 하고 싶은가? 그러면 하반신의 구멍이 없는 물고기 하체를 입으면 된다. 그러나 남자의 파트너가 되어 그에게 사랑받고 싶은가? 그렇다면 혀를 내주고 다리 사이의 구멍을 얻으면 된다. 그렇게 하나의 존재는 두 개의 구멍으로 환원된다. 온전히 구멍 두 개를 다 쓰며 살 수 없다. 버젓이 쓰라고 달린 두 개 중 하나만 쓸 수 있다.

SNS에서 남자들에게 이런 질문을 던진 적이 있었다.

“두 개 중 하나를 택하세요. 상반신이 물고기이고 인간의 하체를 가진 여자와 상반신은 인간이고 하반신은 물고기인 여자

중 어떤 쪽을 택하실래요?

주의: 전자는 입을 뻐끔거릴 뿐 소리는 내지 못하나 다리 등은 멀쩡히 있고, 후자는 여자의 얼굴과 젖가슴과 머리카락은 있고 말도 하고 눈도 맞추지만 다리 등이 없어 동침할 수 없습니다."

이 질문에 인간 남자들은 치를 떨면서 어떻게 그렇게 발칙하고 외람된 질문을 할 수 있느냐며, 다들 하나같이 둘 중 하나를 고르라면 상반신이 여자이고 하반신이 물고기인 쪽을 택했다. 왜 치를 떠는지 의아했다. 물고기로 형상화해서 물어보면 그리도 치를 떨면서, 왜 같은 사람에게 물고기처럼 입을 다물라고 하는가 싶어서.

'환원시키다'는 영어로 'reduce'이다. 이는 줄여버린다는 뜻이다. '말하는 물고기 하반신으로 살래, 말은 못하나 사람 다리로 살래?'라는 두 가지 중 달랑 하나를 선택하고 남는 삶이란, 지성과 감정과 영혼과 육체, 이 모든 것을 갖춘 전적인 존재whole being임을 부인당하는 것이다.

왕자가 인어공주를 주워서(?) 예쁜 옷을 입히고 먹이고 데리고 다니며 쳐다보며 예쁘다, 예쁘다 해주고 쓰다듬어주는 동안, 인어공주가 겉으로는 방긋거리며 웃되 속으로 혼자 참아야 하는 고통이 매 걸음걸음마다 칼에 찔리는 고통으로 묘사된다. "여자는 먹여 살려주는 사람이 있어서 얼마나 편하게 사는가?"

라고 말하는 이들에게 되묻고 싶다. 먹여주고 재워주고 입혀주니 너는 말은 하지 말고 인형처럼 방싯거리며 춤추라면 추며 사는 삶이 걸음 하나하나마다 칼에 찔리는 고통이라고 한다면, 차마 더 낫다고 할 수 있는가 말이지.

그러나 이 모든 고통보다 더 슬픈 건, 인어공주가 원하는 것이 단지 왕자의 눈에 들어 예쁨을 받는 것이 아니기 때문이다. 공주가 원한 것은 왕자의 진실한 사랑을 받아 그 영혼의 일부를 받고 불멸의 영혼을 얻는 일이었다. 감히 진실한 사랑을 꿈꾸고, 감히 하늘 높이 반짝거리는 별들 사이로 날아올라가 이 세계를 초월하기를 꿈꾸었던 것이 가장 슬프다.

겉으로 보이는 이 모든 것을 넘어서는 가치를 추구하는 여자에게 겉모습이 주는 그 이미지에만 갇혀서 살라고 하는 것은 걸음마다 칼에 찔리는 고통을 느끼는 것보다 더 고통스러운 일이다. 하지만 어차피 발걸음을 뗄 때마다 아플 거라는 건 이미 알고 선택한 일이 아니었던가. 감수하겠다고 했던 고통이 아니던가.

보이는 것과 보이지 않는 것

'보이지 않는 것이 보이는 것들을 움직인다'는 말은 궁극적으로는 진실이긴 하다. 그래서 인어공주는 보이지 않아 아무도 몰라줄 테지만 공기의 요정이 되어 불멸의 영혼을 얻는 길을 걷게 되지 않았나 싶다. 그러나 궁극적인 차원 말고, 현실의 이 피상적인 차원에서는 항상 보이는 것이 지배한다. 우리는 모두 외모와 배경이 주는 그 이미지에 갇혀 있으니까. 그리고 처음 관심을 끌어오는 것은 그런 겉모습들이 맞다. 바다의 마녀가 '아름다운 몸과 걸음걸이 그리고 호소하는 눈'이 있으니 왕자에게 다가갈 수 있을 거라는 말은 그래서 맞다. 관심은 끌 수 있다. 옆에서 맴돌 수는 있다. 그러나 인지를 가진 존재로 태어나 진실한 관계를 통해 불멸을 이룰 수 있을 거라 믿는 존재에게 사랑하는 상대가 나를 궁구히 탐색해올 때 오로지 겉모습만 보여줄 수 있다는 사실은 칼에 찔리는 것보다 더한 고통이 아닐 수 없다. 더 슬픈 건 겉모습은 언제나 그르치게 사람을 이끈다. 왕자의 목숨을 정말로 구한 것이 인어공주일지라도 왕자는 모르지 않는가.

목소리가 있어도 진심이 다 전달되지는 않는다. 언어란 참으로 불완전한 수단이라서 공기라는 매질 속으로 내뱉어진 순간, 말하는 이의 의도를 듣는 이가 그대로 알아주는 법이 거의 없다. 더구나 화성 출신이라 일컬어지는 사람들이 금성 출신들의 말을 이해하기란 참으로 힘들다. 그래서 말을 할 줄 알아도, 더군다나 말을 제법 잘한다는 소리를 듣고 살아도, 나는 정작 그 한 사람 앞에서는 혀가 잘린 인어공주 같은 심정일 때가 많다. 그런 슬픔으로 인어공주와 같이 울었으면 나도 바다 하나 가득 채워 그 안에 성을 지을 만큼은 울었을 거라고 엄청난 과장법으로 이야기할 수 있다.

사랑은 어디까지나 나의 사랑

사랑에 여러 번 실패했다. 자랑이라고 하는 소리가 아니다. 다 값진 경험이었다. 바다와 뭍이라는 전혀 다른 세상에서 살던 두 사람이 만나, 한쪽만 처절히 깨졌을지라도 두 개의 전혀 다른 우주는 그렇게 충돌하고 접점을 이루어 스쳐가며 그 세계가 넓어지지 않는가 싶다.

영혼의 그릇은 찢어져야 넓어진다고, 찢어지는 그 고통을 감수하겠느냐고 내게 물어왔던 목소리가 있었다. '네'라고 대답한 순간, 많은 실패와 아픔으로 점철된 운명에 나를 가둔 것이 아닐까? 그래도 고통이 반짝이는 보석을 낳았다면 그걸로 되었다 싶다.

인어공주의 모습에 감정을 이입해서 죽 읽다가 그 허망한 결말에 가슴이 아파서 울기도 하지만, 추스리고 곰곰 생각해보면 결국 다다르는 깨달음은 이 결말이 오히려 현실에 가깝다는 것이다. 결정적으로, 사랑을 '받기' 위해 저렇게 절실해야 하는 것이 여자의 본질일까 하는 의문이 나를 괴롭혔다. 사랑 때문에 상대가 원하는 모습을 꾸며 보여주면서 스스로 갇혀서 아파하는 건 아니고? 내게 다른 옵션은 없던가? 이 모든 게 내 진짜 모습을 봐주지 않고 나를 자신이 원하는 이미지 안에 가두는 상대 탓일까? 내 삶을 극적으로 바꾸어 '사랑받아 충만한 존재'로 만들어줄 결정적인 그 한 사람이라는 이미지에 내가 상대를 가두는 것은 아니고?

상대에게 나의 기대와 욕망과 환상으로 같은 짓, 즉 이미지에 가두는 짓을 하고 있을지도 모른다는 걸 깨닫는 지점이 변화의 시작이었다. 남녀를 불문하고 다 사랑받고 싶어한다. 그렇다면 사랑을 하는 건 대체 누구란 말인가, 내가 먼저 하지 않는다면. 인어공주는 마지막에 왕자를 죽이지 못하고 바다로 뛰어들어 바다 거품으로 스러져가기를 택한다. 이 순간이 바로 사랑을 받고자 다른 존재에게 자신을 의탁하고 올려다만 보다가 비로소 '내가 당신을 사랑해'라고 결단을 내리는 순간이기도 했다. 타인을 사랑한다는 건, 그 사람이 나를 선택하지 않아도 존중해준다는 게 아니던가.

누군가는 그렇게 말한다. 내가 진실하게 누군가를 사랑해서 상대가 알아주고 받아주는 건 얼마나 유아적인 짓이냐고. 어른은 상대를 유혹해야 하지 않냐고. 글쎄, 유혹의 의미가 사람마다 다를 수는 있지만, 대체로 이 피상적인 현실 세계에서 유혹이라는 것은 남자들이 여자에 대해 가진 환상에 나를 꿰어 맞추는 일이더라. 그건 그네들이 원하는 가면 두어 개만을 쓰고 사는 일이기도 하다. 동시에 사회문화적인 가치로 습득된 구애의 기제대로 밀고 당기는 역학을 재현하는 일이기도 하다.

'내가 널 쫓아갈텐데'라는 신호를 상대가 보내오면, '아, 쉽게 잡혀드리면 안 되니까 내가 좀 달아날게요' 하며 달리다가 뒤돌아보아 상대가 안 쫓아오면 '내가 너무 빨리 뛰었나?' 하고 자책 모드로 들어가는 그런 기제를 말한다. 이따위 유혹의 기제는 거듭하면 할수록 허망하다. 그런 유혹은 싫다(그렇다고 '자, 본론으로 들어가자. 네가 원하는 것이 뭐지?' 하고 물어서 그게 오로지 몸뿐이라는 대답이 돌아오면, '음, 모텔은 저기에 있는데?' 이런 역학을 구현하는 것을 원하는 것도 아니지 않은가).

요만큼밖에 없으면서 실제로는 더 많이 이만큼 있는 것처럼, 이것 봐라 하면서 슬쩍슬쩍 흔들어 보이는 게 유혹이라면, 또한 글쎄다 싶다. 'Time-tested love', 시간의 시험을 거친 사랑이 진정한 사랑이라고 믿고 싶지만, 시간만 지나면 들통나는 본색을 이따만큼 아름다워 보이게 부풀려서 뭐할 건데 싶다. 내가 원하는 게 날 쫓아오는 이성의 숫자가 아니라면 말이다. 숫자를 원한다면 그렇게 살면 되겠다.

그리고 가슴은 아프지만, 사랑의 완성이 꼭 두 사람의 결합은 아니다. 인어공주가 '하는 사랑'은 오히려 왕자를 놓아주고 자신이 죽는 방법을 택함으로써 완성되었다. 그리고 가장 원하던 불멸의 영혼도 얻게 되지 않았는가.

사랑의 완성이 비단 두 사람의 결합이 아니어도 괜찮다고 생각하면, 세상이 아주 많이 넓어진다. 그리고 이 피상적인 현실을 넘어선 가치를 발견하고는 목적이 이끌고 가는 삶이 완성된다.

그렇다면 혼자이든 둘이든 그게 무슨 상관이 있을까. 사람들의 더위를 식혀주고 달래주는 공기의 요정으로 그 소명은 소중한 일이 아니던가. 그렇게 사랑은 어디까지나 한 사람이 하는 것이다. 사랑의 완성도 옆에 상대가 있든 없든 한 사람 내에서 이루어진다.

저 하늘 반짝이는 별빛 속에

안데르센은 사랑에 실패하고 이 이야기를 썼다. 인어공주의 입장에 사랑받는 것에 실패한 안데르센의 시각이 녹아들었다고 볼 수 있다. 실패한 사랑을 펜 끝에서 완성한 이야기인 것이다.

사람들은 지나간 일에 대해 늘 변명을 한다. 특히 망가진 관계에 대해서 많이들 변명한다. 하지만 그 변명이 상대에 대한 비난이 되거나 자기 연민에 빠지는 그런 못난 짓이 아니라, '그대를 사랑해서 내가 저 하늘의 반짝이는 별 틈으로 당신을 사랑한 내 사랑을 보냅니다'가 된다면, 실패한 사랑 이야기도 완성이 아니라고 할 수 없다.

사람은 참으로 미우면서도 또 사랑스러운 존재인 것 같다. 상처를 주고, 자가당착에 빠지고, 자기 세계에 갇혀서 자기 말만 하고, 이기적이고, 때로는 몰인정한 모습에 참으로 밉고 또 밉다는 생각을 하다가도 그 이면에 자리한 미욱함, 그리고 어리석음을 보게 된다. 더 나아가 내 속에서 바로 그 미욱함과 어리석음을 발견하며 통탄하는 단계를 거친다. 어느 순간, 고개를 들어 저 하늘의 별들을 보는 모습을 보면 어찌 사랑스럽지 않을까 싶다.

사랑을 거절하고 떠난 상대가 밉지만, 그러다가도 여전히 그 사람은 사랑스러운 사람이기도 하다. 내가 심해의 바닥을 바라보며 사는 게 아니라 하늘의 별을 바라보며 사는 한은. 아마도 그러한 마음으로 안데르센도 이 이야기를 썼으리라 믿는다.

또 다른 공주 이야기

"그녀에게 머물던 눈길을 내게로 돌리면 그의 눈에서 빛이 사라지는 듯,
일순 열렸던 영혼의 문을 걸어 잠그는 듯한 표정으로,
완벽하게 흠 잡을 데 없는 미소를 지어 보이며 손을 내밀었다."

바닷가 산책이 새로운 취미는 아니었다. 이미 두 달이 넘었건만, 내가 하루도 거르지 않고 바닷가에 가는 이유는 하나뿐이었다. 행여 그의 소지품 하나라도 파도에 밀려오지 않을까. 차갑게 식은 그의 몸은 다시 찾을 수 없을 테지만, 그가 몸에 지녔던 물건 한 조각이라도 행여 바닷가로 밀려오지 않을까 하는 마음에, 나는 바닷가를 매일 아침 걷고 또 걸었다.

유모는 어차피 이루어지지 못할 사이였지 않냐고 한마디 던졌다. 그 말에 나는 비로소 삭였던 모든 슬픔을 터뜨리며 두 달 만에 울었다. 내 남자가 되지 못해도 괜찮았다. 같은 하늘 아래

행복하게 살아 있기만 하다면, 이리도 내가 가슴을 쥐어뜯으며 울지는 않았을 텐데.

들키는 게 아니었다. 티를 내지 않고 못 본 체하고 볼을 붉히지 않았더라면, 어머니가 알아차리지 못했을 거고, 어머니가 아버지에게 내가 하찮은 기사의 종자 따위에게 마음을 준다고 속닥이지도 않았을 거고, 아버지가 그를 멀리 바다 건너 왕국의 사절단에 넣지도 않았을 거고, 그러면 사절단이 탄 배가 폭풍우에 휘말려 빠져죽지도 않았을 텐데. 그랬을 텐데. 수많은 '…텐데', '…텐데'를 되뇌며 하염없이 잠도 못 자고 미친 사람처럼 걸었다. 사람들은 물에 빠져 죽은 사람의 영혼은 하늘로 가지 못한다고 한다. 그의 몸, 영혼 모두가 심해 어딘가의 해초에 갇혀 하늘거릴 것만 같았다.

바닷속에서는 인어들이 물에 빠진 이들의 영혼을 모아 상앗빛 상자 안에 가두어둔다고 한다. 밤에 창가에서 달빛을 받아 반짝이는 바다를 보자니, 그의 영혼은 이제 바닷속 깊이 갇혔으니 나는 죽어 영혼이 되어서도 그를 만나지 못하겠구나 싶었다. 나도 물에 빠져 죽을까? 그러면 내 영혼은 바닷속 깊은 곳에서 그의 영혼을 만날 수 있을까?

전날 밤 폭풍우가 또 거세게 몰아쳤다. 밤새 잠을 자지 못했다. 그가 탄 배가 가라앉던 그날이 다시 찾아온 듯했다. 날이 밝고 바다가 잠잠해지자 바닷가로 달려 나갔다. 거센 바람이 바다를 헤집어서 행여 그의 옷조각 하나라도 해변으로 밀려오지 않을까 해서. 그리고 해변 저 멀리에서 사람이 쓰러진 걸 봤을 때 미친년처럼 달려갔다. 그 사람 옆에서 무엇이 혹은 누군가 미끄러지듯 사라지는 것을 본 것 같기도 하지만, 그건 중요하지 않았다. 바닷가에 밀려온 저 몸뚱이를 확인해야 했다. 가까이 가서 보니 값진 옷을 입은 젊은 남자였다. 뒤집어 얼굴을 보니, 남자가 쿨럭이며 눈을 뜨고 눈부신 듯 나를 보더니 "아, 살았구나. 당신이 나를 구한 거요?"라고 물었다. 아아……, 이런 남자는 잘도 폭풍우에서 살아 돌아오건만. 흠뻑 젖은 남자를 부축해주느라 물이 튄 게 아니었다. 난 옆에서 그를 부축하며 울고 있었다.

내가 구해준 남자는 하필이면 이웃나라의 왕자라고 했다. 그 나라 신하들이 득달같이 달려와 왕자를 싣고 갔다. 고맙다고 연신 허리를 굽혔다. 정신을 반쯤 놓은 것 같은 나를 걱정스레 쳐다보던 어머니는 아버지를 찔러댔다. "남쪽의 늙은 왕은 안 돼요. 아무리 그게 나라에 이익이 크다 해도 말입니다. 딸아이 생각을 해요. 젊은 왕자가 더 낫지 않겠어요?" 아버지는 헛기침을 하며 언짢아했다. 그래, 남쪽의 늙은 왕에게 팔려가면 우리 배들이 통행세를 내지 않아도 되니 참으로 나라에 보탬이 될 텐데 말이다. 북쪽 작은 나라의 왕자 따위에게 팔아보았자, 해달 가죽과 암염이나 들어올 거라고 아버지는 툴툴거렸다.

상관없었다. 누구에게 팔리건. 아버지와 어머니는 하루가 다르게 수척해져가는 나를 보며 선심이라도 쓰듯이, 북쪽 나라의 젊은 왕자에게서 혼담이 들어왔으니 결혼하라고 했다. 그리든가 말든가.

그녀를 본 것은 나의 결혼 피로연에서였다. 너무도 아름답고 맑은 벙어리 소녀가 왕자의 결혼을 축하한다며 하늘하늘 춤을 추었다. 공기의 요정이 춤을 춘다면 저런 모습일까 싶었다. 그리고 그녀의 눈을 보는 순간 알았다. '아, 그녀가 왕자를 사랑하는구나.' 왕자의 눈길도 그녀에게 끊임없이 가서 머물렀다. 참으로 아쉬웠다. 그가 그녀에게 머물던 눈길을 내게로 돌리면 눈에서 빛이 사라지는 듯, 일순 열렸던 영혼의 문을 걸어 잠그는 듯한 표정으로, 완벽하게 흠잡을 데 없는 미소를 지어 보이며 손을 내밀었다. 그래, 난 공주니까. 그의 왕국에 금은보화 지참금과 조선 기술사들을 데리고 시집가는 이웃나라 공주이니까. 내가 있는 한 북쪽 왕국도 건실한 배를 만들 수 있을 테니까.

언뜻 돌아보니 벙어리 소녀는 구석에서 춤춘 발이 아픈지 부여잡고 있었다. 고개를 푹 숙이고 있어 얼굴은 잘 보이지 않았으나, 발을 부여잡은 손 위로 눈물인지 뚝뚝 떨어지는 걸 보았다. 고개를 돌려 창밖의 바다를 내다보았다. 내 눈물은 다 거기 있었다. 소녀야, 울지 마라. 네 사랑을 돕지 못해 미안하구나.

결혼식 피로연은 배 위에서 열렸다. 아버지가 결혼 선물로 보낸, 그의 나라엔 없는 크고 튼튼한 배였다. 그 배 위 장막 안에서 초야를 치르게 되어 있었다. 공주와 공녀들의 초야란, 하얀 침대보에 빨간 핏자국을 묻혀서 장막 밖에서 기다리는 이들에게 이 상품이 무결하다는 걸 보여주는 의식일 뿐이었다. 심장이 갈기갈기 찢겨진 나에게 그깟 살점을 헤집어 피 몇 방울 흘린다고 뭐가 달라지겠는가 싶었다.

술렁이는 사람들의 그림자와 말소리가 그대로 다 들리는 장막 안, 끙끙거리며 내 몸을 헤집던 왕자가 몸을 일으켜 옷을 추스르더니 피 묻은 침대보를 들고 나가 치켜들었다. 사람들이 환성을 지르며 왕자에게 술을 따라주었다. 시녀가 들어와 내 몸을 다시 씻겨주고 잠자리 옷을 입혀주었다. 새로 간 하얀 침대보에 욱신거리는 몸을 눕히고 얼굴을 묻었을 때, 이제 한 방울도 남아 있을 것 같지 않은 눈물이 터져나왔다. 그러다 잠들었나 보다. 고주망태가 된 왕자가 비척이며 들어와 입고 있던 옷 그대로 풀썩 쓰러져 옆에 누울 때 놀라 잠에서 깨었다. 그리고 역겨운 술 냄새를 맡으며 그 옆에 몸을 말고 누워 있었다. 장막 밖도 조용해져 있었다. 다들 곯아떨어진 듯했다. 이대로 나가 뱃전으로 몸을 던질까 말까 그런 생각을 하고 있었다.

그때였다. 작은 그림자 하나가 장막 안으로 들어온 건. 그 벙어리 소녀였다. 난 눈을 감고 자는 척했다. 소녀가 자박자박 걸어와 잠든 왕자 옆에 섰다. 그렇게 한참을 서 있었다. 실눈을 뜨고 보니 소녀는 눈물로 얼룩진 얼굴을 하고, 파르르 떠는 손에는 은빛 단도를 들고 있었다. 왕자의 가슴에 단도를 겨누고 그렇게 한참을 내려다보더니, 그 바보 같은 소녀는 획 돌아서서 단도를 떨어뜨리고 장막 밖으로 달려 나갔다.

천천히 일어나 소녀가 떨어뜨린 은빛 단도를 주워들었다. 달빛을 훔친 듯한 차가운 은빛에 괴상한 해초 문양들이 칼날에 새겨져 있었다. 그 단도를 들고 슬그머니 장막 밖으로 나갔다. 곯아떨어진 사람들 틈을 헤치고 선실 뒤 뱃전에 가자 소녀의 모습이 보였다. 소녀에게 누군가가, 아니 어떤 여자들이 구슬픈 목소리로 외치고 있었다.

"돌아가! 그 칼로 왕자의 심장을 찔러. 왕자의 심장에서 흐른 피로 발을 적시면 넌 다시 지느러미가 생겨서 바다로 돌아올 수 있어. 부디, 그렇게 해. 우리가 머리카락을 다 잘라서 바닷속 마녀에게 주고 얻은 단도야. 제발, 우리를 봐서 그렇게 해줘."

벙어리 소녀는 아무 말도 않고 그저 흐느꼈다.

"이제 날이 밝으면 넌 물거품으로 변해, 시간이 없어. 어서, 동생아!"

소녀가 힘껏 고개를 저었다. 단도를 돌려줄까? 단도는 여기 있다고, 가서 왕자의 가슴을 찌르라고 할까? 머뭇거리는 순간, 첨벙! 벙어리 소녀는 물속으로 뛰어들었다. "끼아아!!" 비명 같은 여자들의 흐느낌이 들려왔다.

하늘이 붉었다. 동이 트고 있었다. 난 단도를 쥐고 서 있었다. 왕자의 심장에서 나온 피로 발을 적시면 지느러미가 돋아 인어가 된다고? 그러면 심해로 내려가 그이의 영혼을 만날 수 있을까? 심장을 찌르면 된단 말이지? 고개를 돌려 내가 초야를 치른 장막을 바라보았다.

인어공주 | The Little Mermaid

사랑도 저주도 모두 깨어나야 하는 마법

"사랑의 마법에 눈이 머는 것은,
로맨스라는 환상에 자신을 팔아넘길 때 가능하다."

두 마법의 딜레마

사랑에 빠졌을 때를 우리는 흔히 마법에 걸린 상태에 비유하곤 한다. 이성이 마비되며 한 사람에게 눈이 멀어서 마치 '마법에 걸린' 듯하기에 그런 말이 나온다. 그리고 여기에 마법에 걸린 한 사람이 있다. 야수의 몸에 갇힌 한 왕자.

사랑에 빠진 마법과 저주에 걸린 마법은 그 양상이 다르다. 사랑의 마법에 빠졌을 때 우리는 눈이 어두워져 상대의 본질을 보지 못한다. 반면 저주의 마법에 갇혔을 때는 우리의 본질이

가리어져 타인이 나의 본질을 볼 수 없게 된다. 그러면 여기서 딜레마가 생긴다. 마법이라는 공통분모는 있으나 사랑과 저주라는 다른 축을 가진 두 개의 마법이 충돌한다.

저주의 마법에 갇힌 이는 타인의 사랑을 받아야 풀려난다. 그런데 자신의 실체를 보여주지 못하면서 어떻게 타인의 사랑을 받을 것인가. 사랑의 마법은 눈을 멀게 한다. 그러나 사랑의 마법은 마법일 뿐, 사랑이 아니다. 깨야 하는 것은 저주의 마법뿐만이 아니다. 사랑의 마법도 깨야 한다.

저주의 마법

동화 속 왕자와 공주는 내면의 빛나는 선한 본성을 표현한다. 인간 내면의 가장 좋은 모습이 바로 왕자와 공주라는 상징으로 이야기 속에 그려진다고 보면 된다. 그러나 이 가장 좋은 한 사람의 실체가 야수라는 껍질에 가려져 있다. 흉측한 외모 아래 빛나는 본질이 가려져 있는 것이다.

현실에서 인간은 서로의 속마음을 알 수 없기에 겉모습과 실체를 종종 혼동한다. 그러나 동화에서 겉모습은 내면을 철저히 반영한다. 흉측한 외모의 야수는 뒤틀리고 삐뚤어진 내면이 그대로 드러나는 것을 말한다. 아무리 빛나는 품성인 왕자의 모습이 내면에 숨겨져 있다고 해도 어두운 면이 장악해버린 한 인간의 진실이 동화에서는 고스란히 외모로 묘사된다. 삐뚤어지고 뒤틀렸기에 왕자, 즉 야수는 외롭다.

오스카 와일드의 「이기적인 거인」에서 거인의 내면 풍경을 그의 정원에 고스란히 재현하는 것과 마찬가지로, 야수의 성은 한 사람의 오롯한 내면 풍경이다. 그는 재물과 지위를 모두 가지고도 영원한 고독에 갇혀 있다.

야수가 걸린 마법은 아주 처절하다. 누군가의 사랑을 얻어야 풀리는 마법이다. 이 저주가 끔찍한 이유는 사랑을 받는다는 건 사랑할 줄 알아야 도달하는 경지이기 때문이다. 그 누구보다도 오래, 괴롭게 어떻게 하면 사랑을 받을 것인가 궁구하던 영혼은 뷰티를 앞에 두고 그 비밀을 푼다. 사랑하기에 자신을 버릴 수 있다는 것을 알게 되어 진정 사랑하는 법을 알고서야, 드디어 여자에게서 사랑의 선언을 듣고 마법에서 풀려난다. 사랑받으라는 저주는 사랑을 해야 깨질 수 있는 저주였다는 걸 그렇게 알게 된다. 사랑받으라는 저주가 사랑할 수 있다는 축복으로 바뀌는 마법이었던 것이다.

사랑의 마법

아버지의 착한 딸 뷰티로 산다는 건, 사회문화적 가치에 그대로 순응하는 어린 아가씨로 산다는 것이다. 이처럼 사회가 요구하는 미덕에 아무런 의문도 없이 순응하는 여자들은 '사랑'에 대한 가치도 사회에서 말하는 대로 받아들인다. 순결하고 거룩한 사랑에 대한 환상으로 정숙함을 지키고 희생과 양보를 체화한다. 그러기에 로맨스라는 환상으로 채색된 길을 생각 없이 총총 걸어서 한 남자에게 종속되는 삶에 갇히고서야 마법에서 깨어난다.

사랑의 마법에 눈이 머는 것은 로맨스라는 환상에 자신을 팔아넘길 때 가능하다. 이성이 마비되며 스스로 도취되어 실체에 대한 환상에 빠진다. 그렇기에 착하고 순종적이며 사랑과 희생의 대명사인 뷰티는 어느 남자를 만나더라도 사랑의 마법에 걸리고야 마는 여자이다.

가장 강성인 페미니스트 여성도 마지막까지 벗어나기가 힘든 것이 로맨스의 사슬이다. 하물며 착한 아버지의 딸이 존재의 기반인 여자는 두말할 나위도 없다. 그러니까 뷰티는 사랑의 마법에 걸려 환멸을 맞이하는 운명에 갇힌 여자이다.

장미는 왜 소중한가

장미는 불멸의 사랑을 뜻한다. 겉모습이라는 마법, 로맨스라는 마법을 넘어서 닿을 수 있는 진실한 사랑을 상징한다. 그래서 야수는 다른 것은 넘치도록 풍성하지만, 고독 속에 사랑만은 없기에 장미가 그토록 소중한 것이다. 꽃잎이 일곱 개인 장미는 완벽함의 상징이기도 하다. 단테의 「신곡」에서는 천국으로 올라간 단테가 '장미의 방'에서 그리도 염원하고 그리던 베아트리체를 만난다. 여기서 장미는 순수하고 완전한 사랑의 상징이다.

장미는 아름다움의 본질이기도 하다. 뷰티가 아버지에게 갖다달라고 부탁한 것은 온갖 금은보화가 아니라 장미 한 송이이다. 소유할 수 있는 어떤 것이 아니라 존재하는 어떤 것을 원한다는 것, 그것이 바로 어린 아가씨인 뷰티가 눈먼 사랑의 마법에서 벗어날 힘이기도 하다. 처음에 뷰티는 성안의 음악, 책, 정원 등 보기 좋고 듣기 좋은 것들에 끌리지만, 이윽고 야수의 거죽을 꿰뚫고 그의 선하고 빛나는 본질을 보아준다.

세상 그 어느 것보다

2014년에 개봉한 프랑스 영화 〈미녀와 야수〉는 디즈니의 애니메이션 〈미녀와 야수〉보다 원작에 충실하다. 이 영화에서 주인공 벨(불어로 뷰티)은 야수의 성으로 돌아오기 위해서 말의 귀에 마법의 말을 속삭여야 한다. '세상 그 어느 것보다Plus que tout au monde'라는 말이다. 그런데 이 말은 반쪽짜리이다. '세상 그 어느 것보다' 다음에 '더욱 어떠어떠한 무엇 혹은 누구'라는 말이

빠져 있다. 빠진 반쪽을 채우는 것은 말을 달리게 하는 자의 몫이다.

드디어 사랑한다는 것을 깨달은 여자가 '세상 그 어느 것보다' 다음에 '소중한 당신'을 채워넣는 마음으로 야수에게 달려올 때 사랑이 완성되기 때문이다.

하지만 중요한 것은 야수가 사랑을 얻기 위해 여자를 떠나보내는 것을 감수해야만 했다는 점이다. 여자를 잃을지라도, 그게 그녀가 원하는 바라면 그것조차 받아들이겠다는 마음이야말로, 벗어나고 싶었던 영원한 고독조차 감수하겠노라는 마음이야말로 사랑인 것이다. 남자는 그 사랑으로 반쪽짜리 소원을 담아 여자를 보내준다. 여자가 나머지 반쪽의 주문을 찾아 채워 자신에게 돌아와주기 바라면서.

우리는 사랑이 없는 시대에 산다. 로맨스라는 마법에서 눈을 떠서, 누군가 걸치고 있는 겉모습 안에 도사리고 있는 본질을 볼 수 있는 눈이 없어서 사랑을 찾지 못한다.

혹은 세상에서 가장 소중한 것이 무엇인지, 혹은 누구인지 받아들일 수 없어서 사랑을 못 하는 수도 있다. 누군가 혹은 무엇이 세상 그 어느 것보다 소중한 대상이 된다는 건, 그 대상을 위해 나를 다 내려놓을 수 있다는 것이다. 그러하기에 우리는 자신을 내려놓지 못하니까 사랑하지 못하는 걸 수도 있다. 소중한 것을 위해 자신을 내려놓을 줄도 모르면서 '사랑이 없다,

사랑받고 싶다'라며 끝도 없는 사랑 타령으로 시간을 보내며 살고 있는지도 모르겠다.

미녀와 야수 | Beauty and the Beast

하얗고 까맣고 붉다

"새로운 눈으로 바라본 세상에서는 사람도 달리 보이는 법이다.
외부에 반짝이는 것을 아무리 긁어모아 보았자 내면은 채워지지 않는다."

화이트, 블랙 그리고 레드

화이트, 블랙, 그리고 레드. 무의식의 풍경은 이 세 가지 색이 기본이 아닐까도 싶다. 때론 블랙과 화이트가 섞여 회색이 되기도 하지만.

화이트, 블랙, 레드는 빛, 어둠, 생명을 상징하며 딱 이런 색이거나 그런 풍경인 것 같기도 하다. 보통 생명 혹은 욕망은 그 자체로는 선하지도 악하지도 않다. 하지만 사람을 빛으로도 어둠으로도 부려서 끌고 가는 힘은 욕망이더라. 그래서 블랙의 알 수 없는 깊이와 화이트의 거대한 넓이로 이루어진 무의식의 세계에서 레드는 그리 또렷하게 우리를 사로잡는 게 아닐까.

금기와 자의식에 묶여 공부만 하던 학부시절, 손톱만은 자주 길러 새빨갛게 칠하고 다녔다. 술 한 방울 마실 줄 모르고, 집과 학교와 과외만 왕복하며 내 속에 넘쳐나는 에너지를 스스로 묶으며 살던 시절, 그것은 나 혼자만의 의식 같은 거였다.

창으로 쏟아지는 햇빛이 웅덩이를 이루는 어두운 서가 책상에 앉아 하얀 페이지에 촘촘히 들어찬 까만 글씨들로 가득 찬 책을 펼쳐놓고, 빨간 손톱으로 페이지를 어루만지는 의식이었다. 마치 글자를 하나하나 애무하는 것 같이 흡족했다.

누군가 무엇을 하느냐고 물었다면, 아마도 "I'm fucking every letter with my finger"라고 답했을 테지만, 유감스럽게도 세상의 구석자리에 앉은 범생이 학부생에게 그런 질문을 던지는 이는 아무도 없었다. 다만 홀로 내 내면의 풍경만 외면과 꼭 들어맞게 조우하며, 하얗고 까맣고 빨갛게 익어갈 뿐이었다.

백설공주는 '눈처럼 하얗게, 흑단나무처럼 까맣게, 피처럼 붉은' 모습으로 태어났다. 생명의 원초적인 엑기스를 다 모은 사람의 모습이다. 사람은 모두 다 이런 삶의 엑기스를 조합한 순수한 생명으로 태어나지만 변해간다. 때로는 그 변화가 뒤들림이고, 때로는 성숙일 수도 있으나, 사람은 시간과 더불어 점차 변해간다. 주인공은 여자이니, 여자는 이러한 원초적인 생명의

힘으로 태어나 어떻게 변화하는지가 핵심이다. 결국, 이 모든 건 흑과 백을 배경으로 한 붉은 힘에 대한 이야기이므로 핏방울로 시작해서 빨간 사과로 귀결된다.

전업주부 스노우 화이트

1967년 출간된 도널드 바셀미의 소설 「스노우 화이트」는 백설공주를 전업주부로 그리고 있다. 낮에는 가사노동을 하고 밤에는 성적인 서비스를 제공하며 하루하루를 살아간다. 일곱 난쟁이는 일곱 명의 남편이 아니라, 현실에서 잘디잘은 여러 면모를 보여주는 남편의 모습이다. 사실 동화를 보면 일곱 난쟁이들이 일하러 가는 동안 백설이 집안일을 다 하고 저녁까지 차려 놓는다면 함께 살아도 좋다고 한다. 이미 일곱 난쟁이의 음식을 먹고 그 침대에서 잠든 상태로 발견될 때부터, 백설은 그들의 침대에 들어가는 존재라는 것을 보여준다.

백설은 일곱 난쟁이와 살며 매일 똑같은 가사에 매여 있기에 행상의 방문이 참으로 반갑지 않을 수 없다. 옷, 빗 그리고 사과를 팔러 오는 행상에 혹하는 백설의 모습은 사실 판박이인 일상에 갇혀 자기 가치를 찾지 못한 여성들이 어떤 대상을 탐닉하는 것과 비슷하다. 예쁜 옷과 머리 꾸밈은 내면의 근본적인 결핍을 채우기에는 역부족이지만 잠시 잠깐 반짝 빛나기에는 안

성맞춤인 수단이다. 내면에 반짝이는 것이 없는 이들은 외부의 반짝이는 것을 찾기 마련이다. 자기 가치를 삶에서 찾을 수 없던 백설은 외부에서 누군가 손에 들고 내보이는 무엇인가에 쉽게 현혹된다. 남의 손에 든 반짝이는 것을 가지면 드디어 결핍도 채워지고 나도 완성될 것 같다는 환상에 사로잡힌다.

현대에서는 이런 현혹은 주로 매스미디어의 휘황찬란한 광고를 통해 이루어진다. 저 반짝이는 명품을 소유하면 드디어 멋진 인간이 될 것 같은, 즉 자기 가치를 드디어 찾을 수 있을 것 같다는 환상에 팔리게 된다.

환상에 팔려가면 그 결과는 어떻게 될까? 백설처럼 드레스를 조이는 보디스bodice에 꽉 조여 숨을 잘 못 쉬거나, 머리를 빗으려다 그 독 빗에 찔려 혼절하게 된다. 예쁜 옷을 입기 위해 몸을 조이는 것은 결국 남에게 보이는 모습을 위해 나를 가두는 것이다. 갇힌 자아가 숨을 못 쉬게 되는 것은 당연한 일이다. 머리빗도 사실 같은 맥락에서 볼 수 있다. 여성의 신체에서 머리카락은 유일하게 남성을 상징하는 신체 부위라서 '욕망'의 상징이기도 하다. 그래서 사이렌siren들이 바닷가 절벽에 앉아서 머리를 빗으며 선원들을 유혹한다. 머리카락을 내보이려는 욕망은 어느 여자에게나 있지만, 이 사회에서는 항상 어떤 식으로든 여성의 욕망에는 재갈을 채우려는 시도가 따라온다. 빗에 묻은 독으로 따라와 제재를 가한다.

그리고 사과, 결국엔 사과

아담과 이브 시절부터 사과는 탐나는 것의 총체적 상징이 아니었을까 싶다. 반짝이며 빛나고 몸에 걸치는 것을 하나 더 뛰어넘어서, 새빨갛고 탐나는 데다 베어 물고 삼켜서 내 살로 만들고 싶은 것이 아니던가. 보암직하여 탐나는 것에 대한 욕망, 그래서 성경에서는 모든 죄는 '안목의 정욕'에서 시작된다고 말하는지도 모르겠다. 이 안목의 정욕에 식욕이 더해지면 이 새빨간 사과가 사람을 유혹하는 힘은 더 강해진다. 결국 사과는 '눈에 보기 좋은, 그리고 먹고 싶은' 욕구의 총체를 나타낸다.

백설은 자기 가치를 차마 알지 못해서 속이 늘 허한 여인이다. 그래서 보기에만 좋은 것이 아니라 먹어서 속을 채울 수 있는 대상의 출현은 거듭된 일곱 난쟁이의 경고에도 불구하고 거부할 수 없는 유혹이 된다. 백설은 사과를 받아먹는다. 그리고 가장 깊은 욕망은 가장 깊은 잠인 죽음을 불러온다.

왕자를 소환하기 위해 죽다

왕자로 상징되는 구원을 소환하기 위해서 백설은 죽어야만 한다고 말하면 어떨까. 일곱 난쟁이로 상징되는 다람쥐 쳇바퀴 같은 일상에서 시름시름 내면의 사람이 죽어가는 여자는 어떻게 구원을 자기 삶으로 소환할 수 있을까. 어쩌면 백설공주를 읽고 가장 절실하게 물어야 하는 질문은 이게 아닐까도 싶다. 죽으면 된다.

진짜 목숨을 버리라는 뜻은 아니다. 과거의 자신이 죽고 새로 눈을 뜨면 된다. 반짝이고 예쁜 것으로 헛된 채움을 반복하던 과거의 자신을 죽이고 독사과를 뱉어내고 새롭게 눈을 뜨고 새롭게 열리는 세상을 보면 된다. 자신의 내면을 서서히 죽이던 독사과를 뱉어내고 죽음의 어두운 나락으로 떨어져 완전히 죽은 다음, 새 사람을 입고 다시 눈을 뜨면 구원은 바로 눈앞에 있다. 눈뜨고 있을 때 그리 절실하게 오기를 염원해도 오지 않던 왕자는 그렇게 자신이 죽으면 그제야 온다.

새로운 눈으로 바라본 세상에서는 사람도 달리 보이는 법이다. 외면을 치장하는 반짝이는 것을 아무리 긁어모아 보았자 내면이 채워지지 않는다. 자기 가치는 그런 데에서 찾을 수 없다는 것을 알 때 비로소 죽을 수 있다. 욕망하던 모든 것을 가진다 해도 결핍이 채워지지 않는다는 역설에 무릎을 꿇어보면 된다. 사과를 먹고 죽는 이유도 거기에 있다.

계모 마리아,
삶에 늙은 년 하나만 달랑 남을 때

"널 만나 아름답기 위하여
내가 이렇게 때묻었으니, 퉤퉤!"

"우리는 좀 더 죄(?)를 지어야 해요, 좀 더."

어느 언니가 한 말이다. 동감한다. 죄를 지을 몸이 있을 때 죄를 지어야 추하지 않고 늙어서도 비로소 아름답기 쉽다.

이 땅에서 너무 눌려 산 50대 여성들, 보수적으로 자란 일부 40대 여성들, 이제야 시대가 바뀌고 여자로서 몸이 변하는 위기를 겪으며, 그 오랜 세월 억눌리고 뒤틀렸던 욕망들이 흉하게 터져나온다. 완경이 되면서야 비로소 단 한 번도 제대로 여자로서 사랑하지 못했다는 걸 깨달으며 처절해지는 거다.

더구나 한때 삶의 많은 의미였던 자녀들이 커서 떠나가 버리고, 남편은 그저 가족일 뿐인 빈 둥지에 덩그러니 남아 정신적 육체적 위기를 홀로 겪는다. 자신의 가치를 인정해줄 다른 가치들인 일 혹은 사회적 성취감도 없다. 정말 삶에 늙은 년 하나만 달랑 남는다.

위기를 맞아 눌려왔던 게 터진다. 더 이상 남자들이 여자로 봐줄 나이도 아닌데 여성성을 확인받으려고 한다. 하지만 잘 먹히지 않는다. 그리고 때로는 백설공주의 계모 같은 질투와 공포로 일그러진다. 에너지는 많으나 자신의 욕망을 한 번이라도 제대로 인정하지 못하도록 정신에 족쇄가 채워진 여자들은 이렇게 늙는다.

백설공주를 읽다 보면 드는 의문이 있다. 대체 아버지인 왕은 어디에 있는가. 계모와 결혼해 왕비라는 권력을 부여한 주체는 대체 어디에 있길래 내내 등장하지 않는가.

사실 남성성은 백설공주에서 네 가지 형태로 등장한다. 하나는 여성의 가치를 미모로 환원시키는 남성의 권력인 왕이자 거울, 여성의 가사노동과 성에 대한 반대급부로 생계를 제공하는 일상의 왜소한 남성들인 일곱 난쟁이, 여성을 사냥감game으로 삼는 사냥꾼hunter, 그리고 로맨스의 현현인 왕자prince.

여성의 가치를 미모로 환원해 전락시키는 가부장 권력이 동화에서 거울의 형태로 구현된다. 계모 왕비가 왜 허구한 날 거울 앞에 서서 "세상에서 누가 가장 예쁘냐"고 묻겠나. 그것은 남자 앞에서 미모를 확인하고 자신의 가치를 공고히 하는 행위를 의미한다. 남자가 예쁘다고 인정해야만 비로소 존재의 의미를 가지며, 남자가 주는 권력을 받아 그 기반을 공고히 하는 여성이 바로 계모 왕비이다.

사실 백설공주 이야기는 채록된 실제 구전에서는 계모가 아니라 친모로 등장한다는 점이 더 의미심장하다. 자신의 가치를 남자에게 확인받아야 하는 빈약한 자존감을 가진 여성이 남성이 주는 권력에 목을 매면 딸조차 그저 경쟁자일 뿐이다. 자매애sisterhood나 모성motherhood 등은 이런 여성들 앞에서는 무의미하다. 이런 여성들과 섞여서 살다 보면 세상의 자매애는 몽땅 부정하고 싶은 생각이 든다. 남자에게 매력 있다고 인정받지 않으면 자신의 가치를 찾을 수 없는 절박한 인생이다. 특히, 평생 이 가부장 사회에서 억눌려오다가 나이 오십 즈음에 폐경기에 이르면, 이제 여자로서의 인생이 끝난다는 위기의식에 사로잡힌다. 어쩔 줄 모르는 몇몇 여성들은 남자에게 육체적 매력을 인정받지 못해 안절부절못하는 것처럼도 보인다.

'저렇게 늙지 말아야지' 하며 끔찍해 하다가도, 남자 외에 자신의 가치를 인정받을 다른 것이 없는 삶, 하는 일도 없고 자녀들도 독립한 상태에서 오로지 매달릴 게 남자밖에 없는 언니들을 보면 딱해서 차마 까발리지를 못하겠다. 더 이상 외모가 매력이 되지 못하는 나이이다. 왜 그걸 모르나. 그때까지 쌓아둔

다른 가치, 다른 매력, 다른 몰입의 대상이 없다면 참으로 비참해진다. 저 거울, 그러니까 남자에 자신을 비추어 자신의 가치를 확인하는 행위의 문제점을 왜 성찰하지 못하고 극복하려 들지 않는가.

그러기에 계모의 질투는 단순하지 않다. 계모에겐 이건 절대 질투 수준이 아니다. 자신의 존재가치와 권력의 기반에 도전을 하는 백설의 미모를 묵과할 수 없는 것이다. 제거해야 한다. 그래서 계모는 백설을 숲속으로 내쫓는다. 계모 왕비는 사냥꾼에게 백설을 숲으로 데려가 죽여 그 고기를 가져오라고 한다.

'너만 고고하게 남자의 시선에 초연한 척할래?' '감히 순수할래?' '어디 너도 고깃덩어리라는 걸 확인해봐'라며 등 떠미는 행위와 다름없다.

백설은 그 이름이 의미하는 대로 순수한, 때 묻지 않은 여성자아이다. 그녀의 성장은 숲속으로 가는 데에서 시작된다. 동화에서 여인들은 위기에 몰리면 다 숲으로 가게 되어 있다. 야성이 내면의 원초적인 힘을 만나 담금질되는 곳은 늘 숲이기 때문이다.

그녀가 숲속으로 가게 되는 것은 사냥감, 그리고 고깃감으로 삼겠다는 남성에 이끌리거나 쫓겨서이다. 소녀가 되어 여성성이 발현되고 남성이 이성으로 보이는 순간, 여성을 외모로 판단하는 기성 사회와 그 속에 계모의 모습으로 갇힌 선배 여성을 만나게 된다. 그리고 그 사회에 발을 내딛는 순간, 그 순진함은 시험을 받는다. '너는 사냥감이고 고깃감이니 도망치거라, 아니면 잡아먹혀라.'

고깃감으로 전락하기 싫은 백설은 도망친다. 깊은 숲속으로. 그러나 혼자 먹고살 능력이 보장되지 않은 채, 남자들의 사회에서 여성은 그저 남성에 기대어 생계를 유지하는 더부살이 인생으로 전락한다. 도널드 바셀미는 「스노우 화이트」에서 백설을 낮에는 가사를, 밤에는 섹스를 제공하고 생계를 제공받는 전업주부의 모습으로 그렸다. 사냥감이 아닌, 즉 창녀가 아닌 여자의 가치는 전업주부이다. 냉혹하게 말하면, 한 사람에게만 몸을 팔고 그 반대급부로 생계를 보장받는 존재이다. 그리고 여자를 그저 낮 시중과 밤 시중을 드는 효용 가치가 있는 존재로 보는 남자들은 왜소한 난쟁이들이다.

여자로 완성된다는 건 과연 무엇일까? 미모에 의해 존재가치가 매겨져서 늘 남자의 시선이라는 거울 앞에 서는 대상, 고깃감으로 쫓기는 대상? 그리고 좁은 우리에 가두어져 한 남자에게 한정된 노동을 제공하고 생계를 보장받는 더부살이? 이 주입된 가치관에서 어떻게 벗어날 것인가?

백설은 독사과를 먹고 죽는다. 미모가 존재가치의 최고라 설파하는 여성관이 내어주는 독사과를 먹고 기어코 죽는다. 죽었다가 그 독사과를 내뱉을 때 비로소 진정한 파트너를 만난다. 죽은 존재여도 상관없다며 부둥켜 안아주는 대상을 비로소 만난다. 부서졌고 다쳤으며 모질게 부림을 당해 더 이상 남은 게 없으니 죽은 것과 다를 바 없지만, 투명한 유리를 꿰뚫어 보듯 백설의 실체를 보아주는 사람을 드디어 만난다.

여성은 그렇게 지난한 고통 끝에 사회가 강요한 여성상을 철저히 부인해 죽이고서야, 비로소 사랑하고 사랑받는 귀하디귀한 존재로 부활한다. 그제야 말한다.

"남자야, 나를 사랑하거라. 난 죽었다 살아났느니 네가 함부로 규정할 수 있는 존재가 아니다. 이 자체로 난 소중하고 아름다우니, 남자야 이제 날 사랑하거라."

눈이 세상을 하얗게 덮어 감싸는 경지에 이르기까지 그것을 희고 아름답게 보이게 해주는 더러움이 있어야 하지 말이다. 그래서 가끔 '널 만나 아름답기 위하여 내가 이렇게 때 묻었으니, 퉤퉤!' 하고 싶을 때도 있다.

Part3

다른 내가 되는 법

"영원히 변하지 않는 것은
모든 게 변한다는 것뿐"

개구리 만지는 것처럼 소름이 끼치는 걸 어떡해

"'공이 없어졌어'의 동의어는 결국
'공을 주워다 줄 대상이 필요해'이다."

옛날 한 공주가 혼자 숲으로 놀러 나갔다. 숲속 시원한 샘가에서 아끼는 황금 공을 가지고 놀다가 그만 샘에 빠트렸다. 어찌할 바 모르고 발을 동동 구르고 있는데, 개구리 한 마리가 나타나서 황금 공을 찾아다주겠다고 한다. 대신 자신을 궁으로 데려가서 접시의 음식을 나누어주고 침대에서 재워달라고 했다. 공주는 설마 궁까지 따라올까 하는 맘에 그러겠다고 약속했다. 개구리가 공을 건져주자, 공주는 개구리 따위는 무시하고 홱 돌아서서 부리나케 달려 궁으로 돌아와 버렸다.

다음 날 공주가 저녁 만찬을 위해 내려왔을 때 궁전 문을 두

© Arthur Rackham

드리는 소리가 났다.

"문을 열어주세요. 사랑하는 공주님, 당신의 참사랑에게 문을 열어주세요. 푸른 숲속 샘가에서 우리가 나누었던 말을 기억하세요."

공주가 달려가 문을 열자, 어제의 그 개구리가 문가에 있었다. 공주는 파랗게 질려서 문을 닫아버렸지만, 약속을 지키라는 아버지의 명에 어쩔 수 없이 다시 문을 열어주었다. 개구리는 폴짝이며 식탁으로 와서 자기를 공주의 접시 옆에 올려달라고 했다. 그리고 공주와 같이 식사하고, 저녁을 먹은 후에는 공주의 침대로 가서 베게 위에서 잠을 잤다.

다음 날, 아침이 밝자 개구리가 폴짝이며 계단을 내려가 궁전 밖으로 나갔다. 공주는 이제 가뿐히 살 수 있겠다고 안심했으나, 그날 저녁에 개구리가 다시 돌아오는 바람에 같이 식사하고 한 침대에서 잠을 잤다. 그다음 날에도 똑같은 일이 반복되었다. 세 번째 밤이 지난 후, 공주가 아침에 눈을 뜨자 개구리 대신 잘생긴 왕자가 침대 머리맡에 서 있었다.

왕자는 자신이 나쁜 요정의 마법에 걸려 개구리로 변했다고 하며, 삼 일 동안 공주와 같은 접시로 식사하고 같은 침대에서 자야만 마법이 풀릴 수 있었다고 말한다. 그리고 마법을 풀어준 공주에게 청혼을 한다. 공주가 승낙하자, 궁전 앞에는 왕자의 나라로 데려가기 위해 여덟 필의 말이 끄는 마차가 온다. 마차를 타고 달려가는 동안 '띠잉, 핑! 띠잉, 핑!' 하는 소리가 들려서 멈추고 살펴보니, 마차 뒤에 매달려 시중을 들던 하인 하인리히의 가슴을 둘러싼 쇠줄이 터지는 소리였다. 하인리히는 개구리로 변한 왕자 때문에 가슴이 너무 아파 터질 것 같아서 자신의 가슴 근처를 쇠줄로 감싸놓았었다. 그런데 이제 왕자가 본래 모습으로 돌아오니, 심장을 꽁꽁 얽어매었던 쇠줄이 기쁨으로 하나씩 터지고 있었다. 마차는 왕자의 왕국까지 무사히 달려갔고, 개구리였던 왕자와 공주는 결혼식을 올리고 오래오래 행복하게 살았다.

소녀가 느끼는 공포가 바로 개구리

파충류, 양서류 혹은 어류는 징그럽고 소름 끼친다. 만지고 싶기는커녕 같은 식탁에서 먹고 같은 침대에서 자야 한다면 그야말로 비명을 지르며 도망가고 싶어진다. 그런데 귀하게 자란 공주에게 개구리 하나가 들러붙는다. 밥도 같이 먹어야 하고 침대에서 잠도 같이 자야 한다. 실로 끔찍한 일이 아닐 수 없다.

「개구리 왕자」는 공주가 황금 공을 가지고 깊은 숲속 샘가로 가는 데에서 시작된다. 하필 공주는 왜 깊은 숲속 샘가로 황금 공을 가지고 간 것일까. 여러 번 말했듯, 숲의 의미는 무의식으로의 여행이다. 사람들이 모르는 깊은 숲속의 샘, 닫힌 정원의 봉인된 우물은 처녀성의 상징이다. 더군다나 소녀는 황금 공을 가지고 간다. 귀한 황금색의 공은 바로 알과 같은 모양이다. 알은 전형적인 여성의 상징물이다. 순결한 샘가에서 황금 공을 가지고 노는 공주라니. 황금 공을 의식할 나이가 되었으니 당연히 남자를 의식할 나이도 되었다고 볼 수 있다. 그리고 때가 무르익었고 무의식이 원하면 그 기대에 부응하는 대상이 모습을 드러낸다. 샘 속으로 빠트려서 잃어버린 공은 외려 무의식이 원하는 것을 결핍으로 인식하는 과정이다. '공이 없어졌어'의 동의어는 '결국 공을 주워다 줄 대상이 필요해'이다. 그리고 곧 결핍을 채워주는 이성이 등장한다. 그런데 에구머니나, 개구리이다.

무의식에서 갈망하던 존재를 현실에서 육체로 확인하는 과정은 자기 분열적이다. 소녀는 현실에서 확인해야 하는 남자의 몸이 공포스럽다. 마치 개구리를 만지는 것처럼 소름 끼친다. 그래서 도망간다. 아버지의 궁으로. 하지만 도망을 가보았자이다. 어차피 아버지는 남자에게 딸을 시집보내는 존재이니까. 그래서 아버지 왕이 명령한다. 개구리에게 약속한 대로 같이 먹고 같이 자라고. 한때는 아버지도 어떤 소녀에게는 개구리였을 테니까. 그래서 공주는 어쩔 수 없이 개구리와 함께한다.

이 동화의 다른 버전에서는 삼 일을 침대에서 같이 잔 후에 개구리가 왕자로 변하기도 한다. 하지만 가장 널리 알려진 버전에서 공주는 개구리가 역겨워서 벽에 내동댕이친다. 그러자 개구리가 왕자로 변한다. 이상하지 않은가. 이 폭력적인 행위를 통해 마법이 깨지고 개구리가 왕자로 변해서 '고맙소!' 하는 것이. 여기서 개구리를 벽에 던지는 행위는 자신의 공포에 힘껏 맞서는 행위이다. 소녀가 여자가 되려면 자신을 분열시키는 공포와 마주해서 힘껏 부인하고 이겨낼 수밖에 없다. 그러자 드디어 징그러운 몸을 가진 개구리가 공주의 눈에 남자 사람으로 보인다. 그리고 개구리는 왕자로 변하여 공주를 진짜 아내로 맞는다. 욕망과 공포 속에서 갈팡질팡하던 소녀가 공포를 이겨내고 온전한 여인으로 통합되자, 왕자는 공주를 아내로 맞아 자기 나라의 궁으로 데려간다.

「개구리 왕자」 이야기 말미에는 또 하나의 흥미로운 이야기가 나온다. 바로 하인 하인리히의 심장에 칭칭 감아두었던 쇠줄이 기쁨으로 하나씩 터지는 소리. 어쩌면 소녀가 여자가 되어 남자 앞에서 제대로 완성된 것은 동시에 남자 역시 자신의 본모습을 찾았다는 것이며, 여자 앞에서 드디어 남자로 완성되는 기쁨이라고 할 수 있다. 남녀는 서로를 비추는 거울이자, 서로를 통해 자아상을 비추어보고 완성을 위한 결합을 할 수 있는 관계이기 때문이다. 이 가능태에 도달하지 못한 관계들은 고통스럽지만, 우리의 내면 깊숙이 가능성으로 하나씩 품고 사는 것도 좋지 않을까 한다. 그게 오래된 이야기의 힘이고 역할이기도 하다.

욕망이 내가 된다

"소망은 아득하고 욕망은 강렬하다.
소망은 실낱같고 욕망은 지랄 맞다."

옛날 어느 산골에 어머니와 어린 오누이가 살고 있었다. 어느 날 어머니는 먼 이웃 동네 잔칫집에 일하러 갔고, 늦게서야 일이 끝나서는 잔칫집에서 싸준 떡 광주리를 이고 집으로 돌아오고 있었다. 그런데 첫 번째 고개를 넘었을 때 호랑이와 마주쳤다.

"어흥! 떡 하나 주면 안 잡아먹지!"

이런 호랑이 말에 어머니는 떡 하나를 던져주었고, 호랑이는 그걸 받아먹고는 가버렸다. 하지만 두 번째 고개를 넘어서자 같은 호랑이가 또 기다리고 앉아 "어흥! 떡 하나 주면 안 잡아먹지!” 그러는 것이 아닌가. 또 떡을 던져주고 고개를 넘어가고 호랑이는 또 기다리고 하는 일이 반복되었고, 떡이 다 떨어지자 호랑이는 팔 하나를 달라고 했다. 다음 고개를 넘자 또 팔을 떼어 달라고 해서 떼어주고, 다리 하나, 또 다리 하나, 그렇게 떼어주고 마지막에는 팔도 다리도 없이 굴러서 굴러서 고개를 넘자 호랑이가 또 기다리고 있다가 어머니를 꿀꺽 삼켜 잡아먹고 말았다.

호랑이는 어머니를 잡아먹은 후에도 배가 차지 않아서, 그 집의 아이들까지 잡아먹을 요량으로 어머니의 옷을 입고 어머니의 수건을 머리에 두르고는 오누이가 기다리는 집으로 갔다. 집에 가서 문을 두드리며 “애들아, 엄마 왔다, 문 열어라!” 하며 엄마 목소리를 흉내내었지만, 오누이는 엄마 목소리가 아니라고 문을 열어주지 않았다. 감기에 걸려서 그렇다고 둘러대자, 오누이는 문구멍으로 손을 내밀어보라고 했다. 하지만 호랑이 손에 털이 북슬북슬하자 오누이는 엄마 손이 아니라며 여전히 문을 열어주지 않았다. 그래서 호랑이는 부엌으로 가서 밀가루를 찾아 손에 발랐고, 오누이는 문구멍으로 내다보다가 치맛자락으로 삐져나온 호랑이의 꼬리를 보고는 뒷문으로 도망쳐서 뒷마당 우물가 옆 큰 나무 위에 올라가 숨었다.

호랑이는 오누이를 찾아 여기저기 헤매다가 우물에 비친 오누이의 모습을 보고는 나무에 숨은 오누이를 찾아냈다. 호랑이가 “거기에 어떻게 올라갔니?” 하고 묻자, 오빠는 “참기름을 바르고 올라왔지”라고 둘러댄다. 이에 속아 호랑이는 부엌에서 참기름을 가져다가 손에 바르고 오르려다가 미끄러져 쿵, 엉덩방아를 찧고 또 찧어댔다. 그 모습이 너무 우스꽝스러워서 누이동생은 깔깔 웃다가, “이 바보야, 도끼를 가져다 찍으면서 발을 디디고 올라오면 되는데!” 하고 말해버렸다. 옳다구나 싶어서 호랑이가 도끼를 가져와서 찍으며 올라오기 시작하자, 더 이상 도망갈 곳이 없는 오누이는 하늘을 향해 기도를 드렸다.

“하느님, 저희를 살려주세요. 튼튼한 동아줄을 내려주세요.” 그러자 하늘에서 동아줄이 내려왔고, 오누이는 이 밧줄을 잡고 하늘로 올라갔다. 나무에 다 올라온 호랑이는 오누이가 동아줄을 잡고 하늘로 올라가는 것을 보고는 자신도 기도를 했다. “하느님, 저에게도 동아줄을 내려주세요.” 그러자 마찬가지로 동아줄이 하늘에서 스르르 내려왔으나, 썩은 동아줄이어서 그 줄을 잡고 올라가던 호랑이는 중간에 동아줄이 끊어지는 바람에 그만 수수밭에 떨어져 수숫대에 항문을 찔려서 죽고 말았다. 이때 수수에 호랑이가 찔려 죽은 바람에 수숫대 색이 빨갛게 변했다고 한다.

오누이는 하늘에 올라가서 각각 하늘의 해님과 달님이 되었다. 그러나 누이동생은 사람들이 자꾸 쳐다본다고 부끄러워해서 오빠가 달님, 누이가 해님을 하게 되었다. 해님이 사람들이 쳐다보지 못하게 강렬한 빛을 뿜는 이유가 바로 누이동생의 부끄러움 때문이라고 한다.

욕망이 허위허위 쫓아오면 어떻게 하지

"떡 하나 주면 안 잡아먹지!"

삶의 고개를 넘을 때마다 겁박해오는 힘이 있다. 떡 하나 내주고 떨쳤다고 생각하나 웬걸, 새로운 고갯길에 어느 틈에 먼저 와 기다리고 있다. 떡을 또 하나 내준다. 그러나 넘을 고갯길은 왜 그리 많은지 떡만으로는 부족해서 팔 하나 끊어주고, 또 하나 끊어주고, 다리도 하나씩 다 끊어주고, 데굴데굴 굴러가다가 기어코 통째로 잡아먹힌다. 결국 호랑이는 엄마를 먹는다. 엄마가 호랑이가 되고 호랑이가 엄마가 되는 현실이 완성된다.

무섭게 쫓아와 결국 꿀꺽해버리는 이것, 바로 욕망이다. 물신주의 몰록Moloch 신을 섬기는 세상에서 욕망의 실체는 이러하다. 채워도 채워도 만족함이 없다. 외려 더, 더, 더, 원하다 못해 완성하는 명제는 '욕망이 내가 되다Desire becomes me'이다. 욕망이 내가 되었도다. 욕망 외에 남은 것은 삶에 없도다. 모든 감각 기관은 탐하기 위해 존재하며, 허기가 존재를 규정할 뿐이다. 세상이 가지라는 것은 다 가져야 하고, 남들에게 있는 것은 내게도 다 있어야 하며, 사람이 왔다가 가도 끄떡없음은 그 사람이 사주고 간 명품 백만 있으면 얼마든지 '개쿨'할 수 있음이다.

온전히 욕망이 되기 전, 마지막까지 데굴데굴 굴러서라도 가고자 했던 아니 지키고자 했던 가치들이 있었다. 바로 작은 오두막의 오누이인 살붙이와 피붙이. 절대 소유하지 못하는, 그리고 그래서도 안 되는, 그저 존재만으로도 고마운 그런 가치들이다. 그런 작은 오두막 하나에 호롱불을 밝히고 이 오누이가 무사한 한 사람됨을 유지된다. 그러나 몰록의 수하로 변한 호랑이 엄마는 기어코 존재마저 소유로 바꾸겠다고 이 오두막에 들이닥친다. 명문대에 가거라, 음악도 하고, 책도 읽고, 과학 실험도 하고, 수학 올림피아드에도 나가고, 세상에서 좋다는 모든 것을 구현해주는 수단으로 자식들을 변질시킨다. 세상에서 가지라는 것은 다 갖게 도와주는 것, 그게 사랑이라 믿는다.

소유의 방식으로 세상을 살라는 강요에서 존재로 남고자 하는 자가 탈출하는 길은 슬프게도(?) 세상을 버리는 것이다. 저 하늘 높이 둥둥 떠서 이 세상과 온전히 유리된 채 해와 달이 되어서 세상을 초월하는 시선을 얻는 것이다. 내려다보며 끼어들지 않는 한 존재는 지켜진다고 해석하면 이 옛이야기는 너무 슬프다.

호랑이 엄마로 허위허위 쫓아오던 욕망은 과연 죽을 때에도 수수밭에 떨어져 그 똥꼬가 수숫대에 찔려 죽는다. 역시 욕망은 배설과 관계가 있다 싶다. 건전하게 배설하지 못하는 욕망은 그렇게 내장에 꼬챙이 꿰이듯 문드러져 붉은 피를 쏟으며 수수밭마저 붉게 물들이며 최후를 맞으니 과연 욕망이 붉긴 붉다.

빛으로 남은 오누이를 보니 그래도 빛으로 남았으니 세상에 구원은 있을지도 모른다. 까만 어둠 속 깊은 산골에 작은 호롱불 같은, 그리 작아서 소중한 존재가치가 아니라, 기어코 하늘의 해와 달로 빛나는 존재가치들이라면.

소망과 욕망

실낱같은 구원의 희망은 소망과 욕망의 기제가 동일하다는 비밀에 숨어 있다. 시커먼 숲에 가면 무의식이 갈망하던 모든 금지된 것이 아가리를 벌리는 비밀이 사실 욕망의 기전이다. 현실이 거기서 옷을 까뒤집듯 뒤집히며 전복된다. 소망은 하늘을 올려다보며 우주에 기원하는 힘이다. 진정한 염원은 갈망하던 것과 조우하는 것이니, 딱 이 점에서 소망은 욕망과 동일하다. 그러나 욕망은 자기 피부를 까뒤집어 입는 듯한 전복으로 실현되지만, 소망은 자신을 담은 우주가 뒤집혀 실현된다. 알 속의 새는 알이라는 우주를 깬다. 하늘에서 내려온 동아줄의 의미는 바로 그것이다. 이 우주 밖에 새로운 세계가 있는 것이다. 존재가 해와 달이 되는.

이따금 삶에 내몰려 정신없이 질주할 때, 아니 질주하지 않으면 이 삶을 버틸 힘이 없어서 죽지 않고 살기 위해 욕망에 나를 내주고 그 힘에 실려 달리다가 멈출 때, 문득 목도한다. 어두운 숲속을 생채기 투성이로 달리던 늑대 인간 하나가 차마 자신을 못 이겨 하늘의 달빛을 보며 울부짖으며 절규하는 모습을.

소망은 아득하고 욕망은 강렬하다. 소망은 실낱같고 욕망은 지랄 맞다. 인간만이 하늘을 올려다보는 머리를 가진지라, 달을 보며 포효한다. 선택은 언제나 자신의 몫이다. 나는 소망의 힘으로 내 우주를 뒤집어 다른 우주와 기어코 만날 것인가, 나는 욕망의 힘으로 자신의 거죽을 뒤집어 모든 게 타인 탓이라고 달만 보며 울부짖다 끝나겠는가.

해님 달님 | The Sun and the Moon

천 마리 동물을 죽여 그 가죽으로 나를 감싸요

"입으로 맛보고 혀끝으로 안다는 것은, 소화시켜 자신의 일부로 만든다는 뜻이다. 그렇게 사람은 다른 사람에게 다다른다."

옛날 어느 왕에게 너무나도 아름다운 금발머리 왕비가 있었다. 지상에서 그만큼 아름다운 여인은 없었다. 그러나 이 아름다운 왕비는 그만 병에 걸렸고, 죽음이 임박해 왕을 불러 말했다. "약속해주세요. 다시 결혼하지 않겠노라고. 나만큼 예쁘고 나 같은 금발인 여인을 만나지 못하면 다시 결혼하지 않겠노라고." 왕은 슬픔에 잠겨 약속을 했고, 왕비는 눈을 감았다. 그리고 오랫동안 왕은 재혼할 생각을 하지 않았다. 하지만 신하들이 다시 결혼할 것을 오랜 시간 청하자, 죽은 왕비만큼 아름답고 죽은 왕비와 같은 금발을 가진 신붓감을 전국에서 찾았다.

그러나 헛수고였다.

왕과 죽은 왕비 사이에는 딸이 하나 있었다. 공주가 자라 성년이 되자 왕은 죽은 왕비만큼 아름답고 죽은 왕비 같은 금발인 여성은 공주밖에 없음을 알게 된다. 아버지가 자신과 결혼하려 하자 공주는 조건을 내건다.

"누구와 결혼하든 난 세 벌의 드레스를 먼저 받아야겠어요. 태양과 같이 빛나는 금빛 드레스 한 벌, 달처럼 빛나는 은빛 드레스 한 벌, 그리고 별빛처럼 눈부신 드레스 한 벌이요. 그리고 왕국에 사는 모든 동물들 그러니까 천 마리 동물의 모피로 만든 망토도요."

이 말에 왕은 세 벌의 드레스를 지어주고, 사냥꾼들을 풀어 왕국의 동물들을 잡아 최고의 모피로 망토를 만들어주었다.

모두 준비되자 왕은 이 물건들을 공주에게 보냈다. 공주는 모두가 잠든 한밤중에 일어나, 금목걸이 하나, 금팔찌 하나, 금 브로치 하나 그리고 세 벌의 드레스를 가지고, 천 마리 가죽으로 만든 망토로 몸을 감싼 후 얼굴에 검댕을 칠한 후 아버지의 궁에서 도망쳤다. 그렇게 며칠을 도망가다 어느 큰 숲에 도착해서는 큰 나무 아래에 쓰러져 그만 잠이 들어버렸다. 그때 그 숲의 주인인 이웃나라의 왕이 사냥개를 풀어 숲에서 사냥 중이었다. 왕의 사냥개들이 큰 나무 한 그루를 빙빙 돌며 짖자 사냥꾼들은 그 아래에서 기묘한 가죽을 두른 존재를 산 채로 잡아 왕에게 데려갔다. 공주는 그렇게 이웃나라에 끌려갔고, 거기에서 '캣스킨Catskin'이라 불리며 볕도 들지 않는 계단 밑의 방에서 살며 부엌데기로 일하게 되었다.

공주는 오랫동안 슬퍼하며 지냈다. 그러다 연회가 벌어지던 어느 날, 자신의 궁상스러운 일상에 지친 공주는 요리사의 허락을 받아 잠시 시간을 번 후, 궁전 꼭대기 다락에 올라가 몸을 씻고 태양처럼 빛나는 금빛 드레스를 입고는 연회장으로 들어갔다. 그 아름다움에 놀라 모두 길을 비켜주었고 왕이 다가와 춤을 청해서 함께 춤을 추었다. 그러나 춤이 끝나자 여인은 온데간데없이 사라졌다. 공주는 계단 밑 자기 방으로 숨어들어 다시 캣스킨을 걸치고 부엌데기로 돌아갔다. 요리사가 왕에게 올릴 수프를 끓이라고 하자, 공주는 그 수프 안에 금반지를 넣었다. 무도회가 끝난 후, 왕은 수프를 먹다가 금반지를 발견하고는 요리사와 공주를 불렀다. 하지만 그녀는 모르는 일이라며 잡아떼었다.

다음번에 또 무도회가 열리자, 공주는 또다시 은빛 드레스로 갈아입고 무도회장에 나타나 왕과 춤을 추었다. 이번에도 역시나 춤이 끝나고 사라져버렸다. 이번에는 금목걸이를 수프에 넣어서 왕에게 올렸다. 이번에도 요리를 한 공주가 불려 왔으나 모르는 일이라며 둘러댔다. 그다음 무도회에서는 캣스킨은 별빛처럼 빛나는 드레스를 입고 나타나 왕과 춤을 추고는 사라졌다. 그런 후, 왕에게 올리는 수프에 금브로치를 넣어 올렸다. 하지만 이번에는 옷을 갈아입을 시간이 부족해 별빛 드레스 위에 캣스킨을 걸친 채 수프를 만들었고, 얼굴과 몸에 검댕을 묻히다가 깜박하고는 손가락 중 하나를 하얗게 내버려두는 실수를 한다. 수프를 맛보다가 금브로치를 발견한 왕은 요리를 한 공주를 불러오라고 한다. 이번에 왕은 공주의 하얀 손가락을 보고는 손을 잡고 망토를 벗긴다. 그러자 별빛 드레스를 입은 아름다운 여인의 모습이 드러났고, 왕은 망토를 들어 찢어버린다. 더 이상 정체를 숨길 수 없었던 그녀는 검댕을 지우고 자신의 본 모습을 보여준다. 세상 그 누구보다도 아름다운 모습에 왕은 왕비로 삼고 성대하게 결혼식을 치른다.

캣스킨을 쓰고 도망치다

캣스킨의 시작 부분을 근친상간의 코드로 읽는 해석도 있다. 하지만 아버지에게서 도망 나오는 장면은 아버지와 어머니에게서 물려받은 외모와 재능을 가지고 여자가 성장하기 위해 반드시 부모에게서 독립해야 하는 메시지라고 읽고 싶다. 공주는 어머니에게서 외모를 물려받지만, 아버지에게서는 세 벌의 드레스와 세 점의 보석, 그리고 캣스킨을 선사 받는다. 사실 세 벌의 드레스와 세 점의 보석은 한 여성 내면의 빛나는 본질을 나타내는 장치들인지라 부정적인 의미는 없다. 그러나 자신의 외모와 자신이 지닌 모든 빛나는 자질들을 다 꽁꽁 싸서 가리는 데에 사용된 캣스킨은 대체 왜 아버지에게 선사 받는 것인지를 알아내는 것이 이 동화를 이해하는 관건이다. 대체 아버지에게 받는 이 캣스킨은 무엇일까?

천 마리의 동물을 죽여 그 가죽을 벗겨 만든 망토라는 것 자체가 의미심장하다. 천 마리 분의 고통과 슬픔이 들어간 망토는 여자에게 몇 가지 얼굴만 보이라고 요구하는 사회의 압박 앞에 선 여자의 고통과 슬픔을 나타내기 때문이다. 천 가지 동물 가죽으로 상징되는 한 사람 내면의 수많은 얼굴은 천사 같은 아내, 착한 딸 등 남자들이 보고 싶어 하는 몇 안 되는 얼굴만 내보이며 살라고 하는 사회의 압박 앞에서 고통스러워 '숨 막혀!' 하고 소리 지르는 모습이다. 과연 아버지로 상징되는 사회는 여자에게 딸로 자라 아내가 되라는 딱 그런 요구를 하고 있지 않은가.

여자의 본질은 이제 남자들이 원하는 얼굴 아래 가려진다. 그리고 여자는 너무나 딱 들어맞게도 자신의 본질을 내보이지 못하고 왕의 궁전에서 부엌데기가 된다. 귀하디귀한 공주로 태어나 왕비가 될 줄 알았는데 한 남자의 부엌데기가 되어버리는 현실은 우리에게도 참으로 낯익은 상황이다. 사실 가부장 사회에서 여자들에게 해도 괜찮다고 하는 일들은 대개 부엌데기 같은 일들이다. 그런 반복적인 일들을 하며 여성들은 슬픔에 사위어간다.

캣스킨은 벗기 위해 쓰는 것

사랑은 여자의 본질을 알아봐 주는 남자가 나타나야 가능하다. 그리고 캣스킨에서 의미심장한 점은 여자가 자신의 본질을 남자에게 먼저 보여주는 것이다. 태양처럼 빛나는 금빛 드레스, 달빛처럼 빛나는 은빛 드레스, 별빛처럼 빛나는 드레스로 상징되는 자신의 아름다움을 무도회에 등장해 남자에게 보일 뿐 아니라, 남자가 먹는 수프 안에 자신의 빛나는 자질들을 나타내는 금반지, 금목걸이, 금브로치를 넣어 자신을 알린다. 물론 자신의 본질을 보여준다고 모두가 알아보는 건 아니다. 알아볼 수 있는 눈을 가진 이만 알아보고, 사람의 품격을 아는 이만 음미한다. 이웃나라의 왕은 알아볼 줄 아는 남자이고, 여성이 가진 고귀한 자질들을 음미할 줄 아는 남자이다. 수동적으로 누군가 나타나 자신을 알아봐 주길 기다리지 않고, 캣스킨을 뒤집어쓰고 험한 노동을 하며 그 무게에 깔려 시름에 젖어 사그라지는 대신, 여자는 몰래몰래 캣스킨을 벗어던지고 자신만의 아름다움을 내보인다. 그러나 보는 것만으로 마음을 얻지는 못한다. 온전히 음미하는 과정, 즉 여성이 가진 보석 같은 내면을 맛보는 과정이 필요하다. 그래서 왕은 여자가 만든 수프 속에서 금붙이들을 발견한다. 입으로 맛보고 혀끝으로 안다는 것은, 소화시켜 자신의 일부로 만든다는 뜻이다. 그렇게 사람은 다른 사람에게 다다른다.

왕이 캣스킨을 벗겨 찢어버린다는 것은, 여자의 아름다움과 그 내면의 보석을 온전히 알아주는 남자를 만나, 드디어 여자가 온전히 자신을 드러내는 과정을 말한다. 그렇다고 남자가 여성을 구원한다는 뜻은 아니라고 본다. 사랑의 힘은 자신을 둘러싼 경계를 넓혀 한 사람으로서 더욱 오롯해지게 만드는 데에 있다. 사랑한다는 것은 나를 지키던 인습의 경계를 뛰어넘고, 나란 사람이 편했던 가치관을 허물어, 나와 다른 이가 들어올 수 있도록 해주는 과정이다. 내가 부서지고 무너지고 침탈당할 수도 있으나, 내 경계를 넘어온 타인을 허락해서 나의 지경은 넓어진다. 드디어 타인의 우주와 연결되는 경험을 한다. 그게 바로 캣스킨을 찢는 행위이다.

여자로 태어나 많이 답답했다. 여자답게 살라는 사회의 요구에 대한 반발로 여성적인 모든 것을 내 안에서 다 거부하고 배척하며 살았던 시절도 있었다. 여자답든 답지 않든, 그냥 나다운 것으로 편하고 자유로워지기까지 먼 길을 돌아왔다. 온전히 내 보석을 알아봐 주는 사랑을 만나서 다 가능했던 일은 아니다. 사랑을 만나 내 경계가 허물어져서 가능했던 일들이었다.

한 여자의 아름다움과 그 내면의 보석을 보고 알아주는 남자를 만나 열렬히 사랑을 나누고 맺어지는 일은 이성애자인 여자에게는 실로 큰 축복이다. 하지만 현실에서 사랑한다는 것은 내가 미성숙한 만큼 아직도 미성숙한 남자들을 만나, 여러 번 부서지는 경험들이었다. 때로는 처절하게 부서져서 조각조각 파편이 된 나를 주워 모아 다시 일으키기 힘들었던 적도 있었고 그 상처로 몇 년이고 어느 누구도 만나지 못했던 그런 시절도 있었다. 하지만 사랑했던 경험이 모두 다 내 지경을 넓힌 것은 맞다고 생각한다. 누가 나를 아름답다 알아봐 주고, 누가 내가 지닌 보석을 알아주기 이전에, 내가 스스로 나의 아름다움을 알고, 내가 내 보석들을 아는 일이 먼저이기 때문이다. 햇빛처럼 빛나고, 달빛처럼 빛나며, 별빛처럼 스스로 빛을 낸다는 것은 내면의 자기 인정과 존중의 힘이 묵직한 닻처럼 드리워졌을 때 빛어낼 수 있는 아름다움이다. 그래도 늘 이전보다는 더 빛날 수 있게 되었고, 이전보다는 더 잘 사랑할 수 있었다. 그래서 또 깨질지도 모르지만, 그래도 또다시 찾아오는 사랑을 거부하지는 않는다.

캣스킨 | Catskin

Part4

사랑해야 하는 남자들

"남자는 여자를 사랑할 때
스스로 변한다"

남성적인 힘은
가장 여성적인 부분에서 시험 받는다

"한 남자가 평생 유기해온 중대한 과제,
즉 외면과 내면을 통합하는 일을 누가 대신 해줄 수 있단 말인가."

용맹하고 선하고 잘생긴 기사가 있었다. 기사는 자신에게 어울리는 아름다운 여성을 아내로 맞아야 한다고 생각하고, 세상에서 가장 아름답다는 요정공주에게 구혼하러 가기로 한다. 여러 모험을 거쳐 도착한 곳은 검의 숲. 풀과 나무가 칼로 이루어진 이 숲은 기사의 몸과 말을 베는 숲이다. 칼에 끊임없이 베이며 숲으로 들어가자, 이번에는 거대한 포도주로 이루어진 호수가 나오고, 호수 중앙엔 섬이 있었다. 포도주 호수에 들어가자 칼에 베인 모든 상처가 소금이라도 뿌린 듯 아팠지만, 기사는 용감하게 헤엄쳐 섬에 다다른다. 섬에는 거대한 유리의 성이 있어 기사의 모습을 비췄지만, 반들반들한 그 유리의 성에 올라갈 길은 하나도 없었다. 기사는 포기하고 유리의 성 아래에서 잠들었다. 다음 날 아침, 불현듯 어떤 목소리가 말을 걸어오더니 왼손 새끼손가락을 잘라 땅에 묻으라고 한다. 그랬더니 손가락뼈가 유리의 성만큼이나 높이 자라났고, 기사는 그 뼈를 타고 올라가 마침내 요정공주를 만난다. 기사가 결혼해달라고 하자, 요정공주는 이전에도 수많은 구혼자가 왔고, 그들에게도 똑같은 답을 해주었다며 외친다.

"지금부터 당신이 행하는 모든 선행은 당신에게 저주로 돌아갈 것이요."

다음 순간 요정공주와 성, 호수, 그리고 숲이 사라져버린다. 기사는 상심해서 집으로 돌아가기로 한다. 하지만 돌아가는 길에 누군가를 도와주면 악운이 닥치기 시작한다. 결국 기사가 자기 성에 도착했을 때는 말도 잃고 옷도 잃고 칼도 녹슬고 얼굴마저 추해졌다. 누구도 기사를 알아보지 못했고 그를 내쫓았다. 그래서 기사는 성 근처 숲에서 초라하고 추한 행색으로 살았다. 모두가 침을 뱉으며 '거지 기사'라 부르는 수모를 견디면서.

그러던 어느 날 땔감을 하러 숲에 들어갔다. 마침 늙고 추한 여자가 늪에 빠진 것을 보고 구해주었는데, 다음 순간 자신이 늪에 빠져버렸다. 여인에게 끌어내달라고 하자 자신과 결혼해주면 그러겠노라고 대답한다. 기사는 '나도 늙고 추한데 안 될 게 뭐람?'이란 생각에 그러겠다고 약속하고, 집으로 늙고 추한 여인을 데려간다. 그리고 여인의 이마에 키스를 하며 "딱한 여인이여, 여기가 이 딱한 기사의 딱한 처소요" 하고 중얼거린다. 다음 순간 늙고 추한 여인이 요정공주로 변했다. 그녀는 웃으며 당신만이 자신을 아내로 맞을 자격이 있는 기사라고 말했다. 그리고 기사는 잃었던 모든 것, 즉 외모, 힘, 말을 되찾고 요정공주와 결혼해 행복하게 산다.

외면과 내면을 통합하는 법

거지 기사가 거치는 검의 숲은 「잠자는 숲속의 미녀」에 나오는 가시덤불과 「라푼젤」에 나오는 쐐기풀과 같다. 왕자나 기사들이 여성의 실체에 다가가려 하면 반드시 찔리고 베이고 다치게 되어 있다. 그것을 감내하고 도달하는 공주의 처소는 기사의 모습을 비추는 유리이다. 남자는 여자에게서 자신의 모습을 비추어보니, 유리의 성이 등장하는 게 놀라울 것도 없다. 문제는 유리의 성을 올라가기 위해 새끼손가락을 끊어내는 희생이 필요하다는 것, 고통으로 키워내는 손길을 통해 요정공주가 있는 처소까지 올라갈 수 있다는 점이다. 구혼자가 많았다고 하는 걸 보면 여기까지 해내는 남자들이 있긴 한가 보다.

문제는 요정공주가 부여하는 이후의 시험이다. 기사가 '가진' 모든 것을 하나하나 다 박탈한다. 힘, 옷, 말, 칼, 지위, 명예, 외모, 모두 다. 이 외적인 조건을 모두 박탈당하고도, 이를 초월해서 여성을 받아들일 수 있게 되자, 요정공주의 시험을 통과한 유일한 기사로서 비로소 공주를 아내로 맞게 된다.

어찌 보면 요정공주는 기사의 아니마anima(남성 안에 있는 여성적 요소)라고 볼 수 있다. 겉으로 드러나는 모습(힘, 명예, 용맹함)에 가려지고, 겉으로 드러나지 못한 속성들에 숨겨진 연약한 부분이다.

완벽한 겉모습을 지닌 남자의 아니마가 외려 가장 초라할 수 있다고 한다. 이 기사는 가장 까다로운 아니마를 마주한다. 사실 대부분 남성들의 문제는 자신 속의 아니마를 보려고도 하지 않는다는 점이다. 자신의 일부를 계속 무시하는 경우, 강하고 용맹한 외면에 갇힌 내면은 반드시 무너지며 전복되게 되어 있다.

많은 남성이 초라한 노년을 보내고 있다. 단 한 번도 내면을 들여다보지 않은 채 늙어서 무너지면, 완벽한 남성의 초라한 아니마의 짐은 가장 가까운 가족들이 짊어지고 괴로워하게 된다. 분노하며 외롭다고 호소하고, 무시한다고 독백을 쏟아내는 늙은 아버지들은 우리에게 익숙한 모습이 아니던가.

그러나 한 남자가 평생 유기해온 중대한 과제, 즉 외면과 내면을 통합하는 일은 누구도 대신 해줄 수 없다. 자신의 연약함, 상처받을 수 있는 '여린 속살vulnerability'을 인식하고 그걸 껴안고 타인에게 내밀 수 있을 정도가 되어야 진짜로 강해지고 성숙해지는, 자아가 통합되는 길이다. 정말로 강해지면 자신의 가장 여리고 취약한 부분을 인정하고 껴안을 수 있게 된다. 강하고 능력 있는 외면의 모습에만 치중하다가 내면의 가장 여린 살 한 점을 끝끝내 무시하고 자신의 감정에 모질게 굴면, 이후 은퇴 등을 통해 가지고 있는 외적인 것을 내려놓을 때 기어코 내면의 연약함에 몰락당한다.

거지 기사는 자신이 추하고 별 볼 일 없는 인간이라는 것을 처절하게 받아들이고, 그런 타인조차 받아들일 수 있게 되었을 때 드디어 자신과 화해한다. 그렇게 내면의 통합을 이루어 본래의 빛나던 모습을 되찾을 수 있었다. 내면의 약함과 조화를 이루어 견실한 자아를 이루지 못하면, 외적으로 갖춘 모든 것은 참으로 보잘것없을 수 있다. 허나, 황금빛 호두알같이 견실하고 촘촘한 내면의 힘을 얻으면, 외적인 것들은 플러스가 되어 남자를 더욱 멋지게 만든다.

거지 기사의 내면을 끌어안을 수 있는가. 가장 남성적인 힘은 가장 여성적인 부분에서 시험 받기 마련이다.

사랑은 고작 2%의 힘

"2%만큼이 사람이 사랑이라는 미명으로 타인의 구원을 위해
내줄 수 있는 최대치 같다. 그러나 때로는 그 2%가 나머지 98%를 끌고 간다.
그게 한 인간이 다른 인간을 구원으로 이끄는 아주 작지만 엄청난 힘이다."

한 멋진 기사가 있었다. 그는 멋진 외모, 다부진 몸, 용기와 두뇌 등 기사로 태어나 이 모든 것을 갖추고, 젊었기에 자신밖에 몰랐다. 친구들과 어울려 술을 마시고 인생을 마음껏 주유하며 가난한 이들의 고통을 외면했다.

그러자 하느님이 얼굴 아래 왼쪽 몸이 다 녹이 스는 저주를 내렸다. 기사는 장갑과 멋진 옷으로 녹슨 반쪽 몸을 가리고 살았다. 그러다 어여쁜 숙녀와 결혼을 하게 되었다.

첫날밤을 보낸 여자는 기사의 몸 반쪽이 녹슨 것을 알았지만 아무 내색도 하지 않았다. 다음 날 기도를 하러 가겠다고 교회

로 간다. 교회 앞의 은자hermit는 남편의 구원을 소망하는 여자에게 방법을 알려준다. 남편을 떠나 혼자 거지로 분장한 뒤, 구걸해서 100길더를 모은 후 남편의 손을 잡고 교회로 들어가 구호함에 넣고 함께 기도하라는 것이다. 그러면 남편의 녹슨 왼쪽 몸이 원래의 상태로 돌아온다고.

여자는 그 길로 거지가 되어 멀리 떠나 구걸을 시작한다. 그리고 길바닥에서 남자의 아기를 낳아 긴 치마를 찢어 감싸 안고 노래를 부르며 어느 교회 앞에서 구걸을 한다.

기사는 아내가 사라지자 절망하여 찾게 해달라 빈다. 은자는 기사의 심장이 아직 녹슬지 않은 것을 보고, 방방곡곡 교회를 다니며 기도하고 그 앞에서 구걸하는 이들에게 적선하면 아내를 찾을 수 있을 거라고 알려준다.

수많은 날을 구걸했지만, 여자가 아기를 데리고 입에 풀칠해가며 모은 돈은 고작 2길더였다. 어느 날 여자는 남편이 기사의 문장을 달고 자신이 구걸하는 교회로 오는 것을 보았다. 황급히 얼굴을 가리고 눈물을 삼켰다. 기사는 교회 앞에서 숨죽여 우는 여인과 아기를 보고는 지갑을 통째로 내주다가 그녀가 아내임을 깨닫는다. 여자는 100길더가 넘게 든 그 지갑을 들고 기사의 손을 이끌고 교회에 가서 무릎을 꿇고 기도한다. 그러자 저주가 사라지고 기사 몸에 슨 녹이 사라진다.

구원은 자신의 몫

100은 완전함을 상징하는 수이다. 구원을 위해 구걸해야 하는 완전한 수는 참으로 아득하다. 타인의 구원을 다른 인간이 이룬다는 것은 어쩌면 불가능한 일이라서 그럴지도 모르겠다. 그래서인지 결국 그 100길더는 기사가 스스로 채우고 구원을 일궈낸다. 결국, 자신의 구원은 자신의 몫이라는 뜻이다. 그러나 타인의 몫도 있었다. 2길더어치, 그 2%만큼이 사람이 사랑이라는 미명으로 타인의 구원을 위해 내줄 수 있는 최대치인 것 같다. 그러나 때로는 그 2%가 나머지 98%를 이끌고 간다. 그게 한 인간이 다른 인간을 구원으로 이끄는 아주 작지만 엄청나게 큰 힘인 것이다.

녹이 슨 기사들에게 묻는다. 가난함을 몰라 슬픈 이들이여, 빛나는 갑옷과 화려한 명예와 전쟁터의 수훈을 쫓아다니다가 그대는 무엇을 소홀히 하고 잃어버렸는가.

젊어 혈기 넘칠 때 힘과 머리만 믿고 질주하다가, 어느 순간 되돌아보면 몸의 반쪽이 녹슬어버렸다는 것을 알게 될 때가 있을 것이다. 와중에 아내와 가족의 마음을 잃어버렸다는 것을 알게 될 수도 있으나 돌이킬 수는 없을 것이다. 그렇게 일이 가정보다 중요했던가. 퇴직하고 가정으로 돌아와 더 이상 자신을 돌아보지 않는 아내를 보며 왜 분노하는가. 녹이 슨 게 왜 아내

탓이란 말인가.

사랑은 고작 2%의 힘

녹이 슨 기사와 결혼한 여자는 어떻게 살아갈까. 관계가 중요한 많은 여자는 남편에게 삶의 의미를 다 걸지만 충족되지 않는 관계에 절망한다. 남편의 사랑과 관심을 구걸하는 비렁뱅이가 된다. 남자가 옆에 있고 한 침대에서 자도 사무치게 외로운 현실은 그렇게 만들어진다. 그러다가 아이가 생기면 여자의 삶은 외적인 조건이 아무리 화려해도 더욱 피폐해진다. 피붙이인 아이에 대한 사랑으로 근근하게 녹슨 관계, 마음이 몹시도 가난한 삶을 버틴다.

사랑은 그래 봤자 고작 2%의 힘이다. 그 2%에 기대어 능히 자신을 구원할 수 있는 사람은 몇이나 될까? 그 2%에 자신을 의탁하는 일은 아무나 할 수 있는 게 아니다. 이제는 이룬 것이 너무 많고, 자칫하면 잃을 것이 너무 많아 그 2%에 자신을 내주기가 너무 힘들 것이다. 그러나 심장조차 녹이 슬면 그땐 정말 돌이킬 수 없다. 성공을 향해 자신을 몰아붙였던 그 에너지가 자신을 녹슬게 하며 갉아먹는다는 걸 알고, 계속 그리 달리다가는 속이 텅 빈 채 쓰러지리라는 걸 안다. 그러면서도 지금까지 몰아온 추진력으로 차마 멈출 수 없어 속으로는 공허한 비명을 지르며 계속 끝까지 달려갈 것이다. 녹이 심장까지 좀먹어 아무것도 느낄 수 없을 때까지, 돌이킬 수 없는 지점까지. 이것이 경쟁과 성공과 부로 사람을 내몰아 소외시키는 현대의 악이기도 하다. 구원의 빛은 언제나 가냘프지만 그걸 움켜쥐어 자신을 다 맡길 수 있을 때, 삶 전체의 풍경을 바꾼다.

과연 그럴 용기가 있는가, 녹슬어서 괴로운 기사들이여.

녹슨 기사 | The Rusty Knight

스스로 영웅이 되어 보여라

"괴물을 잡으려면 어두운 동굴로 내려가야 한다. 어두운 곳으로 내려가는 행위, 즉 지하세계로의 하강은 무의식 세계로의 하강을 의미한다."

덴마크 왕 흐로트가르라는 시름이 깊다. 부족민들이 모여 삶을 나누는 모임의 중심이자 그들에게 먹을 것을 제공하고 약속하는 왕으로서, 권력을 입증하는 장소인 미드홀 헤오롯에 밤마다 괴물 그렌델이 나타나 사람을 죽이기 때문이다. 이 괴물을 처치하지 못해 불안과 공포로 부족이 와해되어 가던 중, 구원의 세력이 당도한다. 기트 족의 영웅 베오울프. 그는 미드홀에 침입하는 괴물, 그렌델의 팔을 뽑아 죽이고 음습한 지하 동굴로 내려가 그렌델의 어미까지도 싸워 죽여서 덴마크의 부족을 구원하고 그들의 영웅이자 왕이 된다.

50년 후, 베오울프가 왕으로 나이가 들어가는 노년에 이르자, 이 땅에 용이 출현해 땅을 초토화시키고 조상들의 매장지에 함께 묻은 보물들을 약탈해간다. 늙은 베오울프는 용의 소굴로 홀로 내려가 싸우지만 역부족이다. 그러자 베오울프의 젊은 친척인 위그라프가 합류해서 용을 죽인다. 그러나 이 싸움으로 베오울프는 큰 부상을 입고 죽는다. 부족민들은 슬퍼하며 그를 화장하고 이 영웅을 기념하기 위한 고분을 만든다.

내면의 어두운 괴물의 팔을 뽑아 죽인다

앵글로색슨 족이 영국 섬으로 건너오기 전 스칸디나비아 땅에 있을 때를 배경으로 하는 이 영웅 서사는 8세기에서 11세기 사이에 쓰인 것으로 추정되는 영문학에서 가장 오래된 작품이다. 많은 서사 문학이 그렇듯이 구전으로 전해져오다가 이후 채록되었다.

삶에 침입해 들어오는 폭력은 어디서든 찾아볼 수 있다. 사고이든 사건이든 예측할 수 없는 힘이 우리 일상으로 언제든 쳐들어올 수 있다. 고통 중에 있을 때는 사방이 모두 벽인 것 같다. 나 홀로 고립되어 오도카니 앉아 있는 것 같다. 그러나 조금이라도 남은 삶의 의지로 자신을 부둥켜안고 애써 기어가 밖을 보면, 그러니까 남을 보면 알게 된다. 내가 겪는 아픔은 다른 이들도 많이 겪은 아픔이라는 것을, 이전에도 숱하게 많은 이들이 겪었다는 것을. 삶의 중심이 붕괴되는 절박함 속에서 구원이 외부에서 강림하기를 원하는 것은 바로 그 때문이다. 밖을 바라볼 수 있을 정도로 삶의 의지가 있을 때, 내가 구원받고자 할 때 구원의 힘이 내게 비로소 의미가 있기 때문이다. 그렇게 구원의 힘을 부르면 구원의 영웅은 내게로 온다. 사실 비밀을 밝히자면, 스스로 구원의 영웅이 되어 자신을 구원하는 것이다. 내부의 갈망은 그렇게 터져 나와 외부에서 강림하는 힘으로 가장한다.

베오울프는 누구나 겪을 수 있는 폭력의 고통이 빚어내는 성장 서사의 원형이다. 특히, 소년이 어떻게 남자로 성장하는지 그 비밀이 족히 수백 년은 구전되다가 기록되어 천년을 살아남아 그 입을 연다. 남자라면 거쳐가는 삶의 단계는 하나의 원형이 되어 오롯이 이 영웅 서사 안에서 살아난다. 네가 겪는 고통은 이렇게 천년 전 숱한 남자들도 겪었으니 너도 여기서 스스로 영웅이 되어 보이라고 시간을 초월해서 속삭인다.

늙은 왕은 괴물의 습격에 속수무책이다. 괴물을 물리치기 위해서는 새로운 젊은이가 필요하다. 이는 '새 포도주는 새 부대에 담아야 한다'는 말처럼 늙고 정체된 자신을 버리고 새롭고 젊은 자신으로 거듭나야 일상에 틈입해 들어오는 괴물과 맞서 싸울 수 있다는 소리이다. 괴물 그렌델은 인간들이 애써 만든

JOHN BAUER

문명을 부수고, 그 질서를 파괴하고자 하는 동물적인 본능을 상징한다. 베오울프는 이 그렌델과 밤새 싸워 그 팔을 뽑아 죽인다. 밤은 바로 인간의 동물적 본성이 올라오는 때를 일컬으니, 인간이 자신 내부의 어두운 본성과 사투를 벌이는 때가 밤인 것은 당연하다.

그렌델을 죽일 때 심장을 찔러 죽이는 것도 아니고, 다리를 공격한 것도 아니고, 팔을 뽑아 죽였다는 데에도 나름의 의미가 있다. 심장은 본질을 상징한다. 인간 내부의 동물적인 본성을 그 본질까지 찔러 들어가 죽이고 깔끔히 청산할 수 있는 사람은 아무도 없다. 그래서 심장을 찔러 죽일 수 없다. 다리는 운동성을 상징하니, 이는 곧 동물적인 본능은 그 역동성을 없앨 수도 없다는 것을 의미한다. 반면 팔은 내뻗어서 무언가를 주고받을 때 사용한다. 즉, 팔은 영향력을 나타낸다고 볼 수 있다. 인간의 동물적인 본성은 말끔히 없앨 수도 없고 역동적인 속성 역시 바꿀 수 없지만, 영향력은 통제할 수 있다. 그래서 베오울프는 그렌델의 팔을 뽑아 죽인다. 소년은 자라면서 내면의 동물적인 본성을 통제하는 법을 배운다. 이것이 소년이 남자로 성장하는 데에 거쳐야 하는 첫 단계이다.

두 번째 싸움 대상은 그렌델의 어미이다. 이 괴물은 더욱 강력하고 근원적이다. 그래서 이름도 없다. 이름으로 부를 수 없는 원시적인 것은 실로 공포스럽다. 아무리 수가 많고 어마어마해도 이름이 있는 것들은 통제가 가능하다. 성경에서 예수님이 거라사 광인이 들린 귀신을 내쫓는 것을 볼 수 있다. 예수님은 귀신의 이름을 알고 '군대'라는 이름을 불러 쫓는다. 이름 없는 것에 대한 공포는 사실 뼛속까지 스미고도 남는데, 한술 더 떠서 이 괴물을 잡으려면 어두운 동굴로 내려가야 한다. 어두운 곳으로 내려가는 행위, 즉 지하세계로의 하강은 무의식 세계로의 하강을 의미한다. 어린 영혼은 내면의 가장 깊은 심연으로 내려가 이름이 없어서 강력한 존재와 싸워야 한다. 그 존재는 바로 원시 모성이다. 부풀려지고 미화된 모성 신화의 심연에서 아가리를 벌린 실체를 만날 수 있다. 가장 대표적인 원시 모성으로는 인도 신화의 칼리 여신을 들 수 있다. 칼리는 어찌나 잔혹한지, 분노하면 사람을 산 채로 잡아 우득우득 씹어 먹으며 사람의 해골을 엮어 목걸이로 만들어 목에 두르고 있다. 그러나 자신의 눈에 든 사람들은 어찌나 편애하는지 무엇이든 다 들어주는 속성도 있다.

사실 모성이라는 것은 자기 새끼만 챙기고 남의 자식들은 철저히 몰라라 할 수 있다는 점에서 결정적인 한계가 있다. 칼리의 편애는 그러한 모성의 속성을 잘 반영하고 있다. 모성에 대해 함부로 오해하고 숭배하면 안 되는 이유가 바로 여기에 있다. 마치 온 우주를 감싸고 품을 거대한 자궁이라도 되는 것처럼 모성을 대단한 것으로 올려다보면 안 된다. 이 모성에는 섬뜩한 진실이 숨어 있기 때문이다. 우리는, 특히 남자들은 힘들고 지치면 어린아이처럼 웅크리고 앉아 다시 엄마 배 속에 있었던 것처럼 온전히 다 안겨 출렁이고 싶어한다. 그 편안함과 부드러움이 늘 그립다. 하지만 일단 한 번 어머니 배 밖으로 나오면 다시 돌아갈 수 있는 자궁은, 아니 자궁과 가장 유사한 곳은 무덤뿐이다. 자궁이 영어로 'womb'이고 무덤이 'tomb'인 이유이다. 모성의 이러한 속성 때문에 사람은 성장하기 위해서는 반드시 이 모성을 끊어내야 한다. 자신 내면의 무의식 세계로 하강해서 어머니와 연결된 심리적인 탯줄을 끊어내야 한다. 그러면 비로소 소년은 그 심연에서 빛나고 아름답고 보다 큰 존재로 솟아오를 수 있다.

예전에는 '성인식'이라는 게 존재했다. 영어로 성인식은 'initiation입문'이라고도 하고 'The rite of passage통과의례'라고도 한다. 이 성인식의 역할은 바로 소년들이 자신 내부의 동물적인 본성을 통제하고 원시 모성과의 심리적인 탯줄을 끊게 해주는 것이었다. 실제 많은 성인식에서 치러지는 의식은 동물적인 본성의 통제와 원시 모성과의 분리에 맞닿아 있다. 성인식이 시작되면 남자는 소년으로 떠나 어른으로 돌아온다. 그리고 공동체 사회 성원들 사이에 당당하게 선다. 현대 사회에는 더 이상 이런 의미에서의 성인식은 존재하지 않는다. 그냥 나이를 먹으며 곱게 자라고 덩치만 커지고 머리만 굵어지면 된다. 그래서 요새 현대인들은 자라지 못한 애어른이기 쉽다. 어머니에게서 아직 벗어나지 못한 마마보이들이 그래서 창궐하고, 제대로 의사소통을 하지 못하고 주먹부터 앞서며 감정 표현에도 서툴러 분노로만 씨근거리는, 동물적인 본성을 통제하지 못하는 남자들이 넘쳐난다. 철이 든다는 것은 그저 계절을 나타내는 '철'을 여러 해 충분히 보냈다는 의미가 아니다. 철은 '들어야' 하니까. 든다는 것은 내면으로 통합시킨다는 의미이다. 살아온 세월이 개인의 내면에 스며들어 통합되는 상태가 되어야 한다.

남자가 마주하는 마지막 시험

세 번째 싸움인 용과의 싸움은 더욱 복잡하다. 순수하고 강렬했던 젊은 시절의 대의와 꿈은 50년의 세월이 지나면 다 사그라진다. 서구의 용은 어마어마한 보물을 그 소굴에 축적해두고도 끊임없이 보물을 탐내며 그 보물들을 한 점이라도 빼앗길세라 깔고 앉아 불을 뿜는 존재로 그려진다. 즉, 끝도 없는 '탐욕'의 상징이다. 남자가 일생에서 마지막으로 싸워야 할 것은 바로 이러한 용이다. 이 싸움이 복잡한 이유는 이 용이 권력에 물들어 본질과 순수가 퇴색한 영웅 자신의 모습이기 때문이다. 그래서 이 싸움에는 다른 이는 아무도 함께하지 못하고 구경만 하며, 자신의 목숨을 내놓을 정도의 심한 부상을 입어야 자신에게 들러붙은 권력욕과 탐욕에서 자신을 구원할 수 있다. 마지막에 베오울프를 홀로 도우러 내려온 젊은이, 위그라프의 이름은 '남은 용기'라는 뜻을 가지고 있다. 베오울프 안에 가냘프게 남아 있었던 순수하고 젊은 정신을 되찾을 때, 비로소 베오울프는 찌들었던 권력욕과 탐욕을 척살할 수 있다. 그리고 젊은 정신만을 유산으로 남기고, 늙은 베오울프는 그렇게 죽는다. 용을 죽이고 남은 거대한 보물을 사람들이 나누어 갖지 못하고 베오울프의 무덤에 함께 묻는 이유도 그 때문이다.

사람은 자신의 탐욕, 자신의 권력욕과 함께 죽어 묻힌다. 나이가 들면 성욕도 식욕도 줄지만, 마지막까지 외려 놓지 못하는 것이 권력욕이라고 한다. 그렇게 떨치기 힘들고 극복하기 힘든 대상이 바로 보물을 깔고 앉아 불을 뿜는 이 용이다.

'젊고 순수한 정신을 남기고 다른 것들을 놓아버릴 수 있는가.' 이게 노년의 남자가 마주하는 마지막 시험이다.

이야기들은 늘 돌아온다

베오울프는 남성의 일생에 대한 개괄이라 할 수 있다. 소년이 본성과 싸우고 원시 모성과의 탯줄을 끊어내 비로소 남자가 되고 영웅이 되었다가 권력의 정점에서 스스로와 싸워야 하는 과정을 보여준다.

성인이 되기 위해 무엇을 해야 하는지, 어엿한 성인이 되어 사회의 권력과 기득권을 가지게 되었을 때 싸울 대상이 무엇인지를 잘 보여주고 있다. 자신에게 던져야 하는 질문은 바로 그것이다. 나는 본성의 팔을 뽑을 수 있는가, 나는 내면에서 어머니와의 심리적 탯줄을 끊어낼 수 있는가, 그렇게 진짜로 성인 남자가 될 수 있는가, 그리고 사회의 기득권자와 권력자가 되었을 때 스스로 움켜쥔 것들을 내려놓고 젊고 순수한 정신을 남긴 채 다음 세대를 위해 물러날 수 있는가.

이야기들은 늘 되돌아온다. 인생에서 주요 위기를 맞을 때마다 과거에 읽었던 이야기는 되돌아와서 위와 같은 질문들을 던질 것이다. 남자는 이 질문들에 대한 답을 구하는 과정을 통해 자신을 담금질하고 궁구해가며 한 사람으로 완성된다.

자신의 황금 머리카락 찾기

"남자들을 사랑하는 건 이래서 힘들다. 어렸을 때 그네들은 호르몬 덩어리인 것 같고, 시각적 자극에만 기민하게 반응하고, 세상이 좋다고 하는 것들을 가져서 세상에 자신을 입증해 보이려 부질없이 애쓴다."

덜 자란 남자아이

소년은 대체 언제 자라서 남자가 되는 걸까. 아직은 말갛고 뽀얀 소년들을 보면 그런 생각이 든다. 숱한 가능태들이 숨겨져 있는 존재들이라니, 그 속에서 꿈틀거리는 생명이라니.

갓 피어나기 시작한 이성은 질주하는 호르몬에 어찌할 바를 모르고 쉽게 갈피를 잡지 못해 우왕좌왕한다. 생명은 어릴 땐 그저 아름다운 것 같다. 그런 어린 사람들을 보면 이젠 길을 잃어도 된다고, 가보고 싶은 길로 가봐도 된다고 토닥거려주고 싶다.

남자를 이해하려는 마음이 들기까지 오래 걸렸다. 늘 피하고 경계하든가, 늘 대적하고 맞서든가, 아니면 늘 사랑해달라고 보채야 하는 대상이었다. 다 큰 어른 남자 중에는 부드럽지만 강하고 인자한 사람으로 성장한 사람도 있지만, 채 다 자라지 못해서 산만 한 덩치 속에 작고 불안한 자아가 숨어 있는 사람들이 섞여 있다. 아니, 어쩌면 성숙해 보이는 남자들 속에도 작고 불안한 소년은 어김없이 숨어 있는 것 같다. 위기의 순간에 이 어린 소년은 불에 데기라도 한 듯 튀어나온다. 드물지만 정말 자신을 열어 보일 줄 아는 남자들은 이 소년을 불러서 소개시켜 주기도 한다. 답은 소년에 있더라. 앞으로 자랄 말간 남자아이들, 그리고 아직 덜 자란 어른 남자 속에 숨어 있는 남자아이들, 이 작은 모습들을 들여다보면 남자라는 사람들을 이해할 수 있을 것 같기도 하다.

「아이언 존」은 소년에 대한 이야기이다. 소년이 어떻게 자라 남자가 되는지, 남자 어른 속의 덜 자란 남자아이는 대체 무엇을 놓쳤길래 다 크지 못한 건지를 보여주는 이야기이다.

아이언 존, 내면의 무쇠 사나이

한 왕국이 있다(늘 하나의 왕국, 하나의 세계는 한 사람의 내면 전체를 빗댄 표현이기도 하다. 그래서 '옛날 어느 나라에'로 시작하는 이야기를 듣고 있

으면, 한 사람의 내면, 즉 그 사람의 우주 전체로 틈입해 들어가는 셈이다).

어느 날 이 왕국에 변고가 생긴다. 숲에 사람들이 들어가면 하나둘씩 돌아오지 않는 일이 벌어진다. 왕은 거듭 사냥꾼들을 보낸 끝에 야인野人이며, 긴 머리에 무쇠 같은 피부를 지닌 아이언 존Iron John을 생포해 우리에 가둔다. 이 왕궁에는 어린 왕자가 있었는데, 공을 가지고 놀다가 그만 공이 이 우리로 굴러 들어간다. 야인이 우리의 열쇠를 찾아오지 않으면 공을 내주지 않겠다고 하자, 왕자는 어머니 베개 밑에 있던 열쇠를 훔쳐 건네주고 공을 돌려받는다. 하지만 혼이 날까 겁났던 소년은 탈옥한 야인을 따라가기로 한다. 그렇게 야인의 목말을 타고 소년은 숲으로 간다.

야인의 숲에서 소년은 우물을 지켜보라는 명령을 받는다. 언제나 그렇듯 금기가 따라붙는다. 절대 움직이면 안 되고, 우물 속 물을 만지면 안 된다고. 하지만 우물이 황금빛으로 차오르는 걸 보자 소년은 그만 손을 내민다. 그때 소년의 머리카락이 우물에 닿으면서 황금색으로 변한다. 야인은 이를 보고 소년을 쫓아낸다. 단, 도움이 필요하면 숲으로 찾아와 '아이언 존'을 세 번 외치라고 한다. 소년은 모자로 황금 머리카락을 숨긴 채 세상을 헤매다 한 왕궁에 정원사 보조로 들어가게 된다. 그리고 정원에 놀러나온 공주에게 그만 황금 머리카락을 들킨다.

시간이 흘러 이 왕국은 전쟁에 휘말리게 되고 젊은이가 된 왕자는 야인을 찾아가 무기와 갑옷과 말을 청한다. 그렇게 신비의 기사로 분장해 전쟁에 나가 대승을 거두고는 몰래 다시 정원사의 직분으로 돌아온다. 왕은 이 신비의 기사를 찾기 위해 잔치를 연다. 이 잔치에서 황금 사과를 차지하는 기사가 공주와 결혼해 왕국을 얻게 되리라 선언한다.

다시 야인의 도움을 받아 왕자는 신비의 기사로 변해서 황금 사과를 차지하고, 왕자의 황금 머리카락을 엿본 적이 있어 그의 실체를 알기에 기꺼이 손을 내미는 공주와 결혼하게 된다. 그러자 이젠 더 이상 야인이 아니라 당당한 왕의 모습으로 변한 아이언 존이 찾아와 왕자를 축복해준다. 그동안 마법에 걸려 야인으로 변해 있었노라며 손을 내민다. 청년이 된 왕자는 고국으로 돌아가 왕자의 신분을 회복하며 진정한 왕국의 상속자가 된다.

무의식 속 본능을 추스르는 법

숲은 언제나 비이성, 본능, 무의식의 장소이다. 그렇기에 이 숲에 사는 무쇠 같은 피부의 원시인 아이언 존은 남성들 속의 원시성, 본능, 오래된 지혜를 상징한다. 여성들은 숲으로 들어가면 늙은 마녀인 바바야가를 만나 지혜와 생명의 불을 받아온다. 반면, 남성들의 숲속에 있는 아이언 존은 사납고 폭력적일 수도 있는 육체적인 힘과 본능, 그리고 시원始原부터 내려온 손상되지 않는 남성 원형의 실체와 지혜를 간직한 존재이다. 사춘기에 접어든다는 건 소년 속의 이 숲이 흔들리는 것을 의미한다. 힘과 생명은 꿈틀대며 눈을 뜨고 기어코 숲 밖까지 넘쳐나 살생을 할 수 있을 만큼 폭발한다. 두려운 힘이다. 이 힘이 어떤 힘인지 몰라서 우왕좌왕하는 사이, 항상 기성 사회는 소년들의 힘을 억누르고 길들여 사회에 순응하는 얌전한 가축처럼 만들려고 한다. 정해진 길을 제시하며 극기와 이성의 힘으로 본능을 통제하고 하라는 대로 따라 살라고 한다. 그렇게 본능과 원시의 힘은 우리 안에 갇히기 십상이다.

그러나 작용에는 반드시 반작용이 뒤따르는 법이다. 억누르면 치고 올라오는 힘이 생겨나고, 갇힌 상태를 역전시키는 공은 그렇게 또르르 굴러서 야인의 우리 속으로 쏙 들어가기 마련이다. 야인은 우리를 열 열쇠를 달라고 요구한다. 호기심에는 늘 대가가 따른다. 본능을 들여다보면 본능은 대가를 요구한다. '궁금하면 열어봐, 열쇠를 찾아와'라고 얼러댄다. 본능을 여는 열쇠가 어머니 베게 밑에 있다는 건 의미심장하다. 어머니는 소년에게 영원한 연인이다. 소년의 영원한 리비도libido(성적 반응과 행위의 원동력)의 대상인 어머니의 침상을 들쑤시면 열쇠는 나온다. 그렇게 본능인 아이언 존은 억압하는 기성 사회의 기대를 배반하고, 어린 남자아이를 목말 태우고 숲으로 간다.

숲에서 소년이 마주하는 것은 금기이다. 본능에는 상자를 열지 마라, 불을 밝혀 보지 마라 등의 금기가 늘 따라붙기 때문이다. 그러나 금기는 깨지라고 있는 것. 금기를 깨야 드디어 실체와 마주하는 법이다. 그리고 금기를 깬 소년은 드디어 자신의 실체인 황금 머리카락을 만난다. 금기를 넘어설 정도로 폭주하다 쓰러져 다시 일어날 때 드디어 자신 내면에서 삶을 긍정하는 힘을 찾게 된다. 자신이 황금 머리카락을 지닌 존재라는 무한 긍정은 삶을 버티는 데 엄청난 힘이 된다. 이 힘이 생기면 소년은 야인의 숲에서 나와 세상으로 나간다. 비로소 자신의 역량과 사람됨을 담금질해볼 수 있는 세상으로.

세상이 주는 시험은 일과 사랑의 형태로 온다. 젊기에 아직도 보잘것없는 정원사 보조에 불과한 자신을 꼭꼭 숨겨둔 황금 머리카락의 힘으로 버틸 수 있어야 한다. 긍정적인 자아상은 '난 정원사 보조에 지나지 않는다'는 한탄보다는 '난 알고 보면 왕자야, 난 왕국을 상속하게 될 거야' 하는 믿음으로 사회가 젊은이에게 허락한 비참한 지위를 감수하게 한다. 그러나 그에게는 빛나는 순간이 예정되어 있다. 그런 길을 따라 걷는 여정에서 여성을 만나게 된다. 그 보잘것없는 존재 속에서 아련하게 빛나는 황금 머리카락을 볼 수 있는 여자, 다른 이들은 못 보지만 유일하게 그 황금 머리카락에 반해주는 여자, 그 황금 머리카락에 얹힐 왕관보다는 황금 머리카락 자체를 보아주는 여자를 만난다. 남자의 자기애는 이런 여성을 만나면 드디어 본격적으로 세상에 자신을 증명해 보이러 나갈 힘을 얻는다. 이제 전쟁터에 나갈 때가 온 것이다. 갑옷과 무기와 말은 본능적인 힘과 오래된 지혜의 내면에서 끌어와 갖춘다. 아이언 존에게서 조달받으니까. 그렇게 내면에서 우러나온 힘으로 젊은이는 전투에 나가 빛나는 승리를 이끈다.

소년이 젊은 남자로 크기 위해서는 세 가지 역경을 거쳐야 한다. 첫 번째는 사회가 정해주는 길이 아니라 외려 사회가 억압하는 내면의 본능과 원시 지혜의 목소리를 듣고 이를 풀어주는 용기의 시험이다. 이 용기를 발휘하는 자는 사회와 부모에게서 떨어져서 비로소 자신의 긍정적이고 독립적인 자아상을 갖출 수 있게 된다. 사회가 길들이려는 본능과 원시의 힘인 아이언 존을 풀어주고 그의 목말을 타고 내면의 숲으로 가서 황금 머리카락을 얻어야 한다.

두 번째는 여성을 만나 사랑하고 그 사랑 안에서 자신을 더욱 굳건히 세우는 시험이다. 남녀는 원래 서로를 비추는 거울이다. 자신의 가치를 알아봐 주는 여성 앞에 섰을 때, 남자의 자기애는 도가 지나쳐서 독이 되지도 않고 부족해서 병이 되지도 않은 채 건강하게 충만해지기 때문이다. 현실에서는 단 한

번에 황금 머리카락을 알아봐 주는 여성을 절대 만날 수 없다(여자도 그런 황금 머리카락을 알아보기까지 거저 자라는 건 아니라서 말이다). 그리고 알아봐 준다고 당장 그 손을 잡고 품에 안을 수도 없다. 세상에 나갔다가 여성에게 돌아와야 안아주는 게 가능하다. 여성은 세상을 주유하고 세상에서 자신을 입증한 남자가 늘 돌아와야 하는 고정 좌표이기 때문이다.

세 번째 역경은 남자가 자신의 일에서 인정받고 입지를 다지는 시험이다. 젊고 경험이 없어서 말단인지라, 남의 뒤치다꺼리나 하는 비루함을 일상에서 버텨내며 힘을 기르고 때를 기다려야 한다. 그리고 때가 오면, 자신이 진정으로 원하는 것을 따라가는 독립적이고 긍정적인 자아상, 알맞게 차서 그득한 자기애의 힘으로 달려 나가 승리를 거머쥐어야 한다.

황금 머리카락을 찾지 못한 남자들

소년이 자랄 때 역경은 '자아상 → 자기애 → 일과 성공' 순으로 오지만, 역경을 헤치고 당당한 남자로 서면 그 역순으로 열매를 맛본다. 세상으로 달려가 자신을 입증하고, 여인의 손을 잡아 자신의 품에 안고, 그러고 나면 마지막으로 원시적인 야성의 힘인 아이언 존이 빛나는 왕관을 쓴 왕으로 탈바꿈하여 축복을 선사하러 온다.

몸은 다 컸지만 내면에 불안하고 작은 소년이 있는 남자들은 이 역경을 제대로 거치지 않은 사람들이다. 어떤 남자들은 내면의 본능과 원시의 지혜가 속삭이는 목소리를 따라가느라 자신이 진정으로 원하는 것을 따라가지 못한다. 그래서 독립적이고 긍정적인 자아상을 채 갖추지 못한 남자는 황금 머리카락을 봐주는 여자를 만나지도 못하고 만난다고 해도 사랑하지 못한다. 또 세상으로 달려간다 해도 절름발이 말을 타고 변변치 않은 무장을 하고 뒤처져 따라가는 꼴밖에 되지 못한다. 많은 이들이 사실 이런 모습이다. 내면을 들여다보지 못하고 그저 성공을 향해 질주하던 남자들은 어느 시점에서 무너진다. 혹은 됨됨이가 받쳐주지 못하는 성공인지라 세상이 이들을 인정해주지 않는다. 만나는 여자들은 그저 요부같이 흐느적거리며 남자를 약올리고 이용할 뿐이다. 문득 커버린 껍데기 같은 몸과 부질없이 먹어버린 나이가 남자를 공허하게 만든다. 그 비어 있는 공허함을 견디다 못해 유치한 남자들은 그걸 분노로 채운다. 그리고 분노를 외부로 돌린다. 나잇값 못하고 목소리만 큰 늙은 남자들은 이렇게 거리에 버려진 비닐봉지처럼 자신들을 끌고 다닌다.

그래도 사랑해야 한다면

남자들을 사랑하는 건 이래서 힘들다. 어렸을 때 그네들은 호르몬 덩어리인 것 같고, 시각적 자극에만 기민하게 반응하고, 세상이 좋다고 하는 것들(여자조차 소유물인 양)을 가져서 세상에 자신들을 입증해 보이려 부질없이 애쓴다. 혼자 힘으로 어른 남자가 되는 역경을 거치지 않은 남자들은 사랑 안에서 좌충우돌할 수밖에 없다. 여성들도 크게 다르지 않다. 덜 자란 소녀를 여전히 속에 품은 여성들은 남자들의 시선 앞에 자신의 몸을 제물로 바쳐서라도 애정을 얻고자 하고, 그러다 남자의 소유물로 전락해서 그 사랑에 절망하고, 더 나아가 세상에 공명을 얻겠다고 자신을 방치하는 남자의 사랑에 주저앉아 그 옆에서 살고 있지 않은가.

소년은 언제 남자가 되냐고? 비밀은 야인의 목말을 타고 내면의 숲으로 들어가 황금 머리카락을 얻는 데에 있다. 황금 머리카락이 이후 소년이 남자가 되는 행보를 열어주는 열쇠이기 때문이다.

'당신은 숲속으로 야인의 목말을 타고 들어갈 용기가 있는가, 그리고 터부를 깨고 자신의 실체와 만나 황금 머리카락을 얻을 용기가 있는가?'

이 동화는 그렇게 남자들에게 묻는다.

아이언 존 | Iron John

아비 없는 자식과 슈퍼 히어로

"「위대한 유산」의 핍, 「보물섬」의 짐, 「모비 딕」의 이스마엘, 「톰 소여의 모험」의 톰 소여도 아버지는 이미 죽고 없었다. 더 나아가 슈퍼맨, 배트맨, 스파이더맨 등 현대 슈퍼 히어로 중에서 살아 있는 아버지를 둔 영웅이 있던가."

태양신이 생명의 불꽃을 쏘아 그 불꽃을 받은 한 여성이 아기를 밴다. 아이는 태어나 자라며 아비 없는 자식이라 놀림을 받고는 자신의 아버지를 찾는 여정을 떠난다. 여정 중에 만난 옥수수밭 농부와 옹기장이에게 자기 아버지가 누구냐고 물어보았으나 이들은 이 소년이 누구인지, 누구의 아들인지 알아보지 못한다. 그러나 오로지 궁시장(활을 만드는 장인)만이 아이가 태양의 아들인 것을 알아보고 큰 활을 만들어 소년을 화살로 삼아 태양으로 쏘아준다.

화살을 타고 날아가 태양에 다다른 소년은 아버지를 만난다.

아버지 태양은 소년에게 아들임을 증명해 보이라고 한다. 소년은 사자의 키바(푸에블로 인디언들이 제의를 지내는 지하의 방), 뱀의 키바, 벌의 키바, 번개의 키바를 거치는 시험을 치르고, 마지막 번개의 키바에서 번개의 기운으로 생명의 힘을 충만히 얻어 강하고 아름다운 태양의 아들로 성장해 키바 밖으로 나온다. 태양은 마침내 소년이 자신의 아들임을 인정하고, 돌아가서 사람들의 영혼에 생명을 주라며 다시 소년을 화살로 쏘아 땅으로 돌려보낸다. 소년이 태양의 아들로 푸에블로 마을로 돌아가자 사람들은 생명의 춤을 추며 소년을 반긴다.

아버지를 넘어서다

아버지는 소년들에게 영원한 테마이다. 소년이 남자로 자라는 것은 자신의 기원이자 뿌리가 되는 아버지를 계승하거나 기존의 구태의연한 사회 질서를 대변하는 아버지를 넘어서려고 애를 쓰는 과정이기도 하다. 어떤 의미에서 소년은 반드시 아버지에게로 돌아가야 하고, 또 다른 의미에서 소년은 반드시 아버지를 넘어서야 한다. 아버지에게 돌아가 뿌리를 확인하지 못하는 자는 영원히 방랑자로 살게 되기 쉽고, 아버지를 넘어서지 못하는 자는 평생 아버지의 그늘에서 아버지의 뜻에 한번도 거역해보지 못하고 눌린 채 살아갈 수도 있다. 「태양으로 날아간 화살」은 근원이 되는 아버지를 확인하고 세상으로 돌아가 당당히 서는 과정을 통해 소년에서 남자로 성장하는 서사를 담은 동화이다.

살아 있는 아버지를 둔 영웅, 혹은 슈퍼 히어로가 있으면 어디 대보시라. 돌이켜보면, 신화 속 많은 영웅은 아버지가 부재한 존재로 그려진다. 어느 신이 처녀를 잉태시켜 아이를 낳게 했다는 신화는 대부분 그저 아버지가 부재한 영웅이 성공한 이후 후일에 따라붙은 신격화일 뿐이다. 그리스 로마 신화의 헤라클레스와 페르세우스는 제우스가 아버지라며 처녀 임신 스캔들을 입막음한 영웅들이고, 아라비안나이트의 알라딘도 아버지가 없었기에 덜컥 모험을 따라나설 수 있었다. 아서 왕도 유더 왕의 아들이라는 증거는 오직 멀린의 마법과 돌에 꽂힌 칼을 뽑는 기적뿐이고, 설사 유더 왕의 적자라 할지라도 아버지 얼굴을 단 한 번도 본 적이 없는 아버지가 없이 자란 소년일 뿐이다.

소설 발생 이후 문학 작품으로 넘어와 「위대한 유산」의 핍, 「보물섬」의 짐, 「모비 딕」의 이스마엘, 「톰 소여의 모험」의 톰 소여도 아버지는 이미 죽고 없었다. 더 나아가 슈퍼맨, 배트맨, 스파이더맨 등 현대 슈퍼 히어로 중에서 살아 있는 아버지를 둔 영웅이 있던가?

거꾸로 생각하면, 슈퍼 히어로가 되려면 아버지는 없어야 한다고도 말할 수 있다. 아버지가 없는 자만이 아버지를 찾는 여정, 퀘스트quest를 떠나기 때문이다. 즉 아버지의 결핍이 외려 소년으로 하여금 뿌리와 근원을 찾고자 하는 여정을 떠나게 만들고, 소년은 그 여정을 따라 걷다가 아버지상을 찾아서 영웅으로 거듭나게 된다는 의미이다. 사실 세상을 변화시키는 자는 아버지가 없어야 한다. 아니, 기존의 질서를 대변하는 아버지가 없어야 소년은 남자로 커서 세상을 바꿀 수 있다.

이 동화에서 소년은 태양의 아들로 그려지고 있지만, 실제 현실의 삶에서는 '아비 없는 자식'으로 그려진다. 부족 사회에서 이 소년은 이것 때문에 주변인이고 소외되었다. 이러한 삶의 결핍은 곧 삶의 추진력이 되며, 목적이 있는 여정인 퀘스트에 나서게 만든다.

소년은 자기 존재의 근원을 다지는 작업에 나선다. 소년은 여정에서 질문을 던진다. 자신의 본질을 알아봐 주는 이들을 찾는다. 처음 만난 옥수수밭 농부는 주식인 옥수수 재배에 골몰하며 생계에 매여 있는 터라 소년의 진짜 본질을 알아보지 못한다. 두 번째로 만난 옹기장이는 무언가를 빚어내는 사람이긴 하나, 생활에 필요한 그릇을 그 쓰임에 맞게 개수를 채워 정해진 틀 대로 만드는 사람인지라 역시나 소년의 본질을 꿰뚫지 못한다. 마지막으로 만난 궁시장은 활과 화살을 만들어 화살을 세상으로 쏘아 보내고 어떤 화살은 돌아오지 않을 수도 있다는 것을 아는 사람이라, 돌아가기 위해 떠나온 아이의 본질을 이해한다. 그래서 소년을 태양으로 쏘아 보내준다, 아니 인도해 준다. 소년이 원하는 곳, 자신의 근원과 마주할 수 있는 곳으로.

네 가지 키바, 네 가지 시험

태양은 상징적인 아버지이다. 실제 아버지여도 되고 아버지 상을 제시해주는 인물이거나 사건이어도 상관없다. 이 상징적인 아버지와 마주해서 엄청난 태양의 빛, 생명의 빛이 자신 내부에 있음을 확인한다. 이것이 바로 아버지와 조우하는, 때로는 아버지와 대면하고 맞서는 과정이 가지는 의미이다. 그리고 아버지를 찾아서 자신의 힘을 확인한 자는 그것을 끌어내는 법도 알아야 하는바, 반드시 시험을 거치게 된다. 그것이 바로 네 개의 키바를 거치는 시험이다.

첫 번째 키바는 동물적인 본능을 통제하는 시험이다. 사자는 태양신에게 가는 길목을 지키는 보초였으며, 연금술에서 사자의 의미는 이성을 폭력에 종속시키는 본능의 힘을 상징한다. 즉, 첫 번째 키바에서는 파괴적일 수 있는 본능의 힘을 갈무리하는 법을 배우는 것이다. 이는 본능을 배척하고 전적으로 통제하는 것을 말하는 게 아니다. 현명한 사람은 이성과 본능 사이에서 교묘하게 줄타기를 잘하는 이이지, 절대 본능에 재갈을 물려 길들이는 자가 아니다. 그래서 사자의 키바에서 소년은 사자를 한 번 움찔하게 만들어 자신의 힘을 확인할 뿐이다.

두 번째 키바는 뱀의 키바이다. 뱀은 땅에 붙어서 미묘한 땅의 진동을 느끼는 존재요, 땅속 깊은 무의식의 세계, 혹은 태고의 비밀을 아는 존재이다. 눈꺼풀이 투명하기 때문에 그 감지 않는 눈으로 의식 아래 기저를 응시하는 존재이고, 탈피를 통해 재생하고 변화하는 불멸성의 상징이기도 하다. 뱀의 키바에 들어간다는 것은 노래가 아닌 노래, 쉬쉬거리는 뱀의 노래를 들으며, 자신의 무의식 속의 어둠을 응시하는 지혜와 용기를 갖추게 된다는 뜻이다. 진정으로 강한 자는 자신 내부의 어둠과 연약함을 아는 자이다. 이러한 이해가 있는 자만이 다른 인간을 껴안을 수 있기에, 뱀의 키바는 무의식의 포용을 통한 자아의 확장과 탈피를 의미하는 시험의 장이라 볼 수 있다.

세 번째 키바는 벌의 키바이다. 벌은 태양과 꽃을 중개해 꿀을 만드는 존재들이다. 즉, 태양빛을 황금으로 만드는 존재로, 고대 신화 중에는 신과 여신들은 거대한 벌집에서 태어난다는 믿음도 있었다. 즉, 벌의 키바는 평범한 사람이 내면에 새겨진 신의 형상을 끌어내는 시험의 장이다.

네 번째 키바는 번개의 키바이다. 번개는 창이나 칼처럼 존재에 내리꽂히는 통찰 혹은 깨달음을 의미한다. 미몽에 빠진 존재를 때려 기어코 변화시키는 힘이다. 때로는 인간이 변화하는 데에는 내부에서 시작하는 느리고 잔잔한 변화도 필요하지만, 신적 개입, 즉 데우스 엑스 마키나Dues ex Machina('기계 장치로 내려온 신'이라는 뜻으로 원래 연극무대에서 갑작스러운 외적 개입에 의해 플롯이 풀리는 문학적 장치를 가리킨다. 갑작스럽게 상속인임을 알리는 편지가 발견된다거나 알고 보니 두 남녀가 남매라든가 식의 플롯 해결 장치이다. 여기서는 갑작스러운 외부의 개입이라는 뜻으로 썼다) 같은 강력한 외적 개입도 필요하다. 엄밀히 말하자면, 이미 내부에서 천천히 변화가 되어 온전한 변화를 기다리는 상태가 되자, 앞선 세 개의 키바를 거친 자만 외적 개입이 강렬하게 찾아와 그 존재를 흔들어 탈바꿈을 시킨다는 뜻이다. 흔한 표현으로 말하자면, 진인사대천명眞人事大天命의 경지이기도 하다. 진정한 변화는 내적인 변화가 외적인 기회를 만나 비로소 표출이 되기 때문이다.

빛나는 아버지 상을 세우기

본능을 갈무리하기, 내면의 어둠을 응시하기, 내면의 신성을 끌어내 표출하기, 그리고 때를 기다렸다가 이를 잡아 날개를 달기. 이게 각각 푸에블로 인디언들이 말하는 네 개의 키바, 사자의 키바, 뱀의 키바, 벌의 키바, 그리고 번개의 키바가 상징하는 시험이다. 소년은 이 시험들을 거쳐서 진정한 남자 어른이 된다.

푸에블로 인디언의 서사가 매력적인 건 여기서 끝나지 않고,

소년이 자신의 고향 공동체로 돌아가기 때문이다. 개인의 성장 자체의 참된 의미는 개인 차원에서 끝나지 않고 세상에 돌아가 세상을 바꿀 때 드러난다. 그래서 태양은 네 개의 키바를 무사히 거치고 나온 아들을 다시 푸에블로 마을로 쏘아 보낸다. 소년은 고향으로 환원한다. 제대로 된 환원은 통속적이지 않다. 되돌아가는 것이 단순한 되돌이표가 아니라 한층 발전해서 돌아가는 나선형 회귀가 될 때, 환원은 성장을 완결시킨다.

소년은 고향으로 돌아가 사람들에게 생명의 빛을 전하여 공동체를 변화시키고 살린다. 기쁨으로 생명의 춤을 추는 사람들이 소년을 둘러싸고 모인다. 소년은 이제 비로소 사람들 가운데 서서 당당한 남자로서 웃는다.

현대인에게 아버지라는 의미는 더 복잡하다. 어떤 의미에서 아버지들은 근대 산업사회가 시작되며 가정에서 분리되어 버렸기 때문이다. 가정과 일터가 같았을 적에 아버지들이 가졌던 권위는 무너졌고, 가정 내에서 아버지의 입지는 점점 작아졌다. 이렇게 이미 부재한 아버지를 다시 부재하게 만들고, 이미 줄어든 아버지를 다시 넘어서라고 하는 건 외려 더 어렵다. 이미 부재하기에 제대로 부재하게 만들기 어렵고, 이미 줄어들어서 제대로 넘어서기가 힘들다.

아버지들이 불쌍하지 않냐고? 사실 딱히 그렇지는 않다. 산업사회에서 파편화된 건 비단 아버지뿐만은 아니기 때문이다.

이 파편화된 개인을 통합시켜 온전해지기 위해서라도 소년들은 근원적이고 강하고 지혜로운 아버지상을 찾는 여정을 떠나야 한다.

태양으로 날아간 화살 | Arrow to the Sun

에필로그

바바야가라는 러시아 민담에 나오는 마녀가 있다. 선하지도 악하지도 않으며, 문명과 자연의 경계인 숲속에서 삶과 죽음의 솥을 젓고 있는 인물이다. 이런 바바야가에게 지혜를 청하면 그녀는 온갖 힘든 시험을 거치게 한 후, 해골 그릇에 불길을 담아준다. 그러면 어린 소녀가 해골에 담긴 불을 길잡이 삼아 집으로 돌아온다. 이런 이야기에서 가장 중요한 것은 바로 '집으로 돌아오는 것'이다. 우습지 않은가? 현실이 불행하고 궁상맞고 지리멸렬해서 집밖으로 뛰쳐나오고 싶은 건데, 훌륭한 이야기들은 항상 주인공을 집으로 돌려보낸다. 미야자키 하야오의

〈센과 치히로의 행방불명〉을 예로 들면 이해가 더 쉽겠다. 이 애니메이션 속 쌍둥이 마녀가 바로 러시아 민담 속 바바야가를 원형으로 삼고 있다고 말할 수 있는데, 주인공인 치히로는 어떠했는가.

어린 소녀는 아무것도 달라지지 않았지만, 모든 게 달라진 현실로 결국 돌아오지 않았던가. 이렇듯 모험을 떠나는 여정에서 가장 중요한 것은 얼마나 대단한 모험을 하는가, 얼마나 귀한 금은보화를 얻는가가 아니다. 떠날 때와 같은 사람이 아닌, 다른 사람이 되어서 집으로 돌아오는 것이다. 저 멀리 떠나는 것을 늘 꿈꾸는 사람은 아무리 먼 곳으로 떠나더라도 궁상맞은 자아를 자신이 늘 지고 간다는 점을 간과하면 안 된다. 세상 끝 어디를 간다 해도 내가 나를 지고 가는 한, 자신의 현실은 변하지 않기 때문이다. 그래서 훌륭한 이야기에서 늘 주인공은 이전의 그 사람이 아닌 새로운 사람이 되어서 집으로 돌아가는 것이다.

사실 이 세상의 모든 이야기들은 이야기를 읽은 이들을 집으로 돌려보내야 한다. 또한 이 이야기를 읽는 여정을 마치고 그들이 조금이라도 다른 사람이 되어 현실로 돌아갈 수 있도록 만들어주어야 한다. 그게 바로 이야기가 가진 힘이다. 〈빨간모자가 하고싶은 말〉에서 나는 여러 이야기 속에 담긴 진짜 이야기들을 풀어내려고 했다. 이야기라는 숲에서 함께 길을 헤매고,

그 안에 숨은 메시지도 찾아 나누는 장을 만들고 싶었다. 하지만 궁극적으로는, 이 책을 읽은 모든 이들을 스스로는 달라진 게 하나도 없으나 모든 게 달라진 현실로 되돌려보내고 싶었다. 내가 할 수 있는 일이 '이야기를 통해 이러한 불빛을 얻었고, 숲길을 지나 집으로 돌아왔어요'라고 말할 수 있도록 돕는 것뿐이었기 때문이다.

그러니 책장을 덮고 짧게나마 한동안은 눈빛이 빛나시기를. 숲속을 거닌 힘으로 고개를 들어 하늘에 빛나는 별을 모두 다 담을 그런 '별의 눈동자'를 빛내시기를. 잠시 보이지 않는 세상을 가늠하고 그 보이지 않는 별들을 믿는 힘으로 세상에 돌아가 씩씩하게 사시기를. 그렇게 소망하며 여기서 글을 맺는다.